艰难的冬季

The Tough Winter

［美］罗伯特·罗素◎著　王先哲◎译

中国妇女出版社

图书在版编目（CIP）数据

艰难的冬季 /（美）罗伯特·罗素（Robert Lawson）著；王先哲译. --北京：中国妇女出版社，2016.7（2024.3重印）

ISBN 978-7-5127-1301-7

Ⅰ.①艰… Ⅱ.①罗… ②王… Ⅲ.①儿童文学—图画故事—美国—现代 Ⅳ.①I712.85

中国版本图书馆CIP数据核字（2016）第116959号

艰难的冬季

作　　者：〔美〕罗伯特·罗素　著　王先哲　译
责任编辑：应莹
插图上色：金葆工作室
封面设计：尚世视觉
责任印制：李志国
出版发行：中国妇女出版社
地　　址：北京市东城区史家胡同甲24号　　邮政编码：100010
电　　话：（010）65133160（发行部）　　65133161（邮购）
网　　址：www.womenbooks.cn
经　　销：各地新华书店
印　　刷：天津旭丰源印刷有限公司
开　　本：185×260　1/16
印　　张：7
字　　数：60千字
版　　次：2016年7月第1版
印　　次：2024年3月第2次
书　　号：ISBN 978-7-5127-1301-7
定　　价：59.80元

序

葛翠琳
著名儿童文学作家
冰心奖评委会副主席兼秘书长

你知道罗伯特·罗素吗？他可是现代儿童文学史上著名的作家，曾荣获“纽伯瑞儿童文学奖”“凯迪克奖”两项国际大奖。

这里简略介绍他的作品：

罗伯特·罗素作品集是浪漫主义色彩浓厚而又充满人文情怀的优秀读物。罗伯特总是从独特的视角，将人与动物之间的故事，阐述得妙趣横生、十分精彩，令读者久久难以忘怀。

例如，哥伦布发现新大陆已是世人皆知的故事，但罗伯特在《我发现哥伦布了》一书中，却把著名航海家哥伦布描写成“晕船上将”，趣事连连，并借鹦鹉的口尽情嘲笑讥讽殖民者。在《利维尔和我》中，笑称英国皇家士兵是“红虾兵”。在《基德船长的猫》中，老猫麦克见证了威廉·基德沦为英国皇室与议会政治斗争牺牲品的全过程，全书充满了怜惜之情。

罗伯特善于在作品中颂扬劳动人民的优秀品质，如勤劳、善良、勇敢、纯朴等，每一个细节都给人留下了深刻的印象。在《兔子坡》中，新人家辛勤地劳作，克服种种困难，在丰足的收获过程中让自己和小动物们都感受到快乐和温馨。在《艰难的冬季》一书里，小兔乔奇不仅照料生病的父亲，还尽力帮助好友渡过了难关。

《尾巴的故事》则告诉孩子们不要自卑，世上万物皆有各自的特点和长处，适合自己的就是最好的，不必盲目地追求像别人一样。在《本和我》中，又特别强调了脚踏实地、坚持自我的重要性。这些富有哲理的启示，让读者深受感动。

罗伯特运用幽默、生动的语言塑造性格鲜明的人物，寓意深刻，构思奇特，作品不仅歌颂了人类的美好品德，也讽刺了贪婪自私的丑恶行径。

罗伯特的作品必将吸引、感动广大的中国读者，并成为孩子们成长路上的伙伴。

还有，这套精美的书会让大家在阅读过程中，不仅能享受文字的精彩，还会欣赏到美妙生动的画面和形象，使你仿佛身临其境，一起经历书中的一切。而这些感人传神的插图，也是作者本人完成的，令人忍不住惊叹！

从某种意义上说，认真阅读罗伯特·罗素作品的人，真是幸运儿呢！

关于作者

1892年10月4日，罗伯特·罗素在纽约出生，于新泽西的蒙特克莱尔度过童年。罗素从高中起，便对艺术产生了浓厚的兴趣，并决定高中毕业后去纽约美术与应用艺术学院，即现在的帕森斯设计学院学习插画。

毕业后，罗素作为商业艺术家工作了很多年。1914年，罗素的插画作品发表在《哈珀周刊》上。这是他的作品第一次公开发表，为他以后多产和卓越的艺术生涯奠定了基础。1931年，美国蚀刻师协会将泰勒·阿姆斯奖颁给了他，以表彰他在蚀刻方面做出的卓越贡献。

第一次世界大战服役结束后，罗素开始为儿童图书绘制插图，其中包括罗曼·里夫的古典文学作品《费迪南德的故事》，理查德和佛洛伦斯·艾特瓦特的《波普先生的企鹅》。后来，罗素不再满足于为他人的图书绘制插图，开始了自己的文学创作。罗素想象力丰富，提出通过一只动物小伙伴的视角，讲述本杰明·富兰克林发明编年史的创意。1939年，他用这个创意写出了人生第一部作品《本和我》，并绘制了插图。

1941年，罗素被授予了儿童绘本图书的最高奖项——凯迪克奖，获奖作品是《他们坚强而善良》。该书用简单的话语和生动的插图，向读者描绘了一个美国家庭在历史的变迁中所经历的故事。同年，他还出版了以鹦鹉为主人公，讲述航海家哥伦布发现新大陆过程的《我发现哥伦布了》一书，同样获得了好评。

1945年，罗素获得了纽伯瑞儿童文学奖，获奖作品是《兔子坡》。这个奖项主要表彰对儿童文学做出卓越贡献的人。《兔子坡》的灵感来自罗素家乡一个名叫“兔子坡”的地方，描绘了一个人与动物和谐相处的美好故事。获奖之后，罗素还将自己位于康涅狄格州的家命名为“兔子坡”。

罗素是第一个也是至今唯一一个既被授予“凯迪克奖”又获得过“纽伯瑞儿童文学奖”的人。因为在他的作品中，他既是作家又是插画家，他所有图书都带有自己绘制的插图。

在这之后，罗素又陆续创作出《尾巴的故事》《麦克维尼先生的旅行》《利维尔和我》《艰难的冬季》《基德船长的猫》。1957年，罗伯特·罗素在美国康涅狄格州韦斯特波特的家中辞世，享年66岁。他留下来的文学瑰宝不断地激励着教育工作者、作家和艺术家，并使不同年龄段的孩子为之着迷。《纽约时报》曾对罗素评价道：“罗伯特·罗素给所有年龄段的孩子，创造了一个充满新鲜、活力和奇思妙想的世界。”

关于纽伯瑞儿童文学奖

为纪念儿童文学创始人约翰·纽伯瑞，1921年，美国出版人弗雷德里克·梅尔彻向美国图书馆协会提出设立一个奖励儿童图书和作者的奖项——纽伯瑞儿童文学奖。美国图书馆协会批准了梅尔彻的提议，并于1922年，由美国图书馆协会分支机构——儿童服务分会颁发了第一届纽伯瑞儿童文学奖。第一届获奖者是荷兰裔美国作家亨德里克·威廉·房龙，获奖作品是《人类的故事》。

纽伯瑞儿童文学奖是世界上第一个专为儿童图书设立的奖项，旨在鼓励儿童图书作者的创作，向读者宣传儿童文学的地位，以及为更多的儿童文学作家提供创作机会。该奖涉及的作品内容十分广泛，无论是小说、诗歌，还是其他文学体裁，都可以参与竞争纽伯瑞儿童文学奖。但它也有一些条件限制，例如作品必须是英文原创，作者必须是美国公民或居民，图书内容必须能够被14岁以下儿童理解等。

纵观历年来获得纽伯瑞儿童文学奖的作品，这些图书都具有十分高的文学造诣和教育内涵，更广被儿童接纳和喜爱。1945年，纽伯瑞儿童文学奖颁给了罗伯特·罗素的《兔子坡》，以赞扬罗素在书中宣扬的友爱精神，肯定了他所倡导的人类应与动物和谐相处这一观点。自此，《兔子坡》成为一本经久不衰的畅销童书，影响了一代又一代儿童的成长。

关于凯迪克奖

1937年，提出创立纽伯瑞儿童文学奖的美国出版人弗雷德里克·梅尔彻，又向美国图书馆协会提出设立一个表彰儿童绘本图书作家的奖项。因为儿童图书有其特殊性，除了生动有趣的文字外，有很多图书还采用了大量的图画，甚至以图画为主来表述一个故事，所以应该给这些优秀的儿童绘本作者设立一个专门的奖项。美国图书馆协会同意了这个提议，并为纪念19世纪英国伟大的绘本插画家伦道夫·凯迪克，将这个奖项命名为“凯迪克”。

凯迪克奖是美国最具权威性的绘本奖，它看重作品的艺术价值和独特创意。每年，美国图书馆协会邀请教育学者、专业人士和图书馆员，组成评审委员会，从上一年度出版的数万本儿童图画书中，评出获得凯迪克奖的作品。凯迪克奖同样要求作者必须是美国公民或居民，其作品必须是原创等。当作品是由几位艺术家共同创作时，几个人共同获奖，并且艺术家不必参与故事内容的创作。

凯迪克奖肯定了儿童绘本的艺术价值，是家长与图书馆为儿童选书的最佳指南。历年的获奖作品都有着独特创意和艺术层次，能够给儿童带来不一样的艺术感受，激发了儿童的想象力。1941年，凯迪克奖颁给了罗伯特·罗素的《他们坚强而善良》。该书用家族相册的形式，向孩子们讲述了一个美国家庭在历史的变迁下所经历的故事。书中的图画层次鲜明，细节处理非常到位，人物形象生动有趣、贴近现实生活，为儿童理解故事内容提供了很大的帮助。

前　言

从前有座坡，坡上有座屋，名为“大房子”。住在大房子里的这户人家十分喜爱并尊重小动物，住在山坡上的小动物也十分热爱并信任这户人家，一点儿也不害怕他们。

这户人家和动物们朝夕相处，其乐融融。

山坡上竖立着一尊圣·弗朗西斯的雕像。他张开双手，盛情迎接他钟爱的小动物们。雕像脚边是一湾清澈的水塘，水塘周围铺着宽阔平坦的石头。石头上镌刻着一行字：

万物皆丰衣足食

每个夜晚，这些石头上都摆满佳肴：美味的干草，新鲜的蔬菜、水果、坚果、种子和谷粒。每个清晨，石头上又干净如初。

动物们过着美滋滋的生活，并且知恩图报，从不到这家人的花园里捣乱。花园里繁花似锦，瓜果飘香，没有半点儿破坏。

在这座小山上，大家和谐友爱，互敬互助，没有恐惧，处处宁静祥和。

不过，宁静祥和的氛围是不可能天长地久的。毕竟，人并非扎根土地的树木，不会永远生活在同一处地方。故事就从这里开始……

目 录
Contents

R L

1
阿纳尔达斯叔公的预言

年迈的兔子阿纳尔达斯叔公恶狠狠地盯着他的密友们。“一个艰难的冬季就要来了，”他宣告道，“你们谁也别否认。”

这是一个温暖的秋日，红狐狸平躺身子，懒洋洋地打着哈欠。“没人想要否认，”他回答道，“我只是好奇，你是怎么知道的，你为什么如此肯定？”

“我自然心知肚明，”阿纳尔达斯叔公喃喃自语，“你们这帮小子，我度过的冬季，比你们所有爪子相加都要多。我经历了无数个冬季，正常的、好过的、难过的，全都遇上了。接下来的冬季，将是一个艰难的冬季，千真万确，你们记住我的话。”

“我记住了，”红狐狸一边回答，一边又打了一个哈欠，“我想问的是，你是怎么知道的？”

“我骨子里能感受到，就是这么简单！”阿纳尔达斯叔公不屑地答道，“否则，别人又是怎么知道的呢？”

臭鼬费威在一旁窃笑。“如果你为你的老身板增添一点点肥肉，像波奇那样，你的感受就不会那么丰富了。”

阿纳尔达斯叔公看了一眼那只胖墩墩的土拨鼠，他正卖力地吃着草。波奇可不是只有一点点肥肉。他的身子圆滚滚的，脖子几乎比头还大，每挖起一株草，他都气喘吁吁，发出咕哝的声音。尽管如此，他依旧狼吞虎咽，不知疲倦。

“烦人，”阿纳尔达斯叔公说道，“真是烦人，难怪别人叫他‘土拨鼠’。嗨，波奇，”他喊道，“看来你也在为严冬未雨绸缪呢。”

波奇停歇片刻，但嘴巴还在下意识地咀嚼。“我才不在

乎冬天，”他没精打采地回答，“我才不会做什么准备。冬天，管它好过还是难过，对我来说都一模一样。我会冬眠。我不明白你们为什么不冬眠，那可是最好的过冬办法。我现在吃饱喝足，方便睡觉。”说罢，他继续埋头啃草。

“看来他的脑袋也开始长肥肉了，”阿纳尔达斯叔公低声说道，“那个蠢蛋，瞧他现在这副模样，任何一只年老体衰的狗都能轻松击败他。但愿他尽快把洞穴安好。”

红狐狸又打了一个哈欠，翻过身子，让他那光滑的肚皮也享受和煦的阳光。“他一旦准备好之后，就会立刻挖洞，”狐狸懒洋洋地说道，“他只有把自己喂饱，才会着手做其他事情。波奇已经习惯了他过日子的方式。话说，那不是‘蓝草先生’吗？他正走上山坡，看起来有些匆忙。”

说罢，动物们全部转过身子，望着兔子老爸一步步走来。通常，他总是迈着端庄的步伐，但今天他似乎走得比以往快了一些。他的孩子小乔奇蹦蹦跳跳地跟在身旁，既匆忙又兴奋。

“绅士们，晚上好，祝你们好运，”兔子老爸向大家问好，“这美妙的下午一定让诸位神清气爽吧？”他停顿片刻，发出深深的叹息，“我极不愿意破坏当下宁静的氛围，打扰这场悠闲的小聚会，但我刚刚得知一些事情，必须立刻告诉你们。我的儿子小乔奇——所有人都认识的那只观察敏锐、足智多谋、值得信任的小兔子，最近无意中听到了一段对话，对话的双方是山坡上的园丁蒂姆·麦格拉斯和厨子索夫罗尼亚。这段对话提到了对我们所有人非常不利的信息。所以我说，我必须立刻告诉……”

“你能不能别啰里啰唆的，快说重点。”阿纳尔达斯叔公打断了他。

“阿纳尔达斯叔公，虽然这个消息极为紧迫，”兔子老爸严肃地说道，“但不足以妨碍日常的礼貌。我必须说打断别人说话是相当不礼貌的，在我被打断之前，我正准备说，我……乔奇，我要说什么来着？”

“关于那户人家，老爸，大房子的人要离开了。”小乔奇一边回答，一边不耐烦地手舞足蹈。

“噢，没错，住在大房子里的人——那户心地善良、慷慨大方的人家——绅士们，令人难过的事实是，他们要离开了。”

小动物们顿时从慵懒的氛围中惊醒，目瞪口呆、不知所措。就连波奇也停下嘴，加入到了慌张的行列。

“离开？”费威半信半疑地问道，“是永远离开吗？”

“不，幸好不是，”兔子老爸回答，“仅仅是外出过冬，去一个更加温暖的环境。”他满怀憧憬地继续说道，“事实上，他们要去肯塔基州，我的出生地，蓝草乡，那里有飞奔的骏马、如画的美景……”

“先别管美景和骏马了，我们的剩菜怎么办？”费威问道。

“我们的坚果怎么办？”灰松鼠跳出来说，“他们为你们准备的食物又怎么办？”

“还有，田鼠威利和野鸡们的种子怎么办？”波奇补充道，“板油呢？红鹿的干草和盐呢？”

红狐狸长叹一声。“黑暗和寒冷将笼罩整座屋子，户主们也离开了，夜晚不会有那么多乐趣了。就算我怀念那只老猫，我也不会感到惊讶。”

“毫无疑问，前景很不乐观，”兔子老爸表示，“但是，事情也许不会像我们预期的那样糟糕。我得知，有一位管理员和他的妻子将留在家里，所以必然会有一些剩饭剩菜。当然，费威，我不敢保证它的质量。至于我们其他人，我们都知道这户人家格外善良和体贴，既然如此，我确信他们一定会叮嘱管理员，让他照料好我们。”

“叮嘱是一回事，行动又是另一回事了，”阿纳尔达斯叔公发起了牢骚。“不要相信管理员，反正我是不信。伙计们，我之前说什么来着，一个艰难的冬季就要来了，”他大声笑道，“现在，谁说对了？”

兔子老爸接着说，“虽然情况如此，我们也必须尽可能抱以最乐观的态度。同时，冬天马上到来，为安全起见，我们最好抓紧时间填满我们的储藏室，以便应对种种未知的困难。我请求在座诸位立刻把这个即将来临的变故传达给朋友和亲属，并建议他们尽最大努力贮存粮草。”

“除了我的胃，我已经没有储藏空间了，”费威抱怨说，“另外，我也根本无法储藏剩饭剩菜，它们会变质的。”

“他们什么时候离开？”波奇问道。

“据我所知，感恩节后就立刻动身。”兔子老爸回答。

“我们需要的东西太多了。”波奇低声自语。说完，他又

以加倍的精力开始觅食。

小乔奇沿着山坡飞奔而下，赶忙把这个消息告诉他的好友田鼠威利。对于户主们的离去，他自己并不那么担心，并不像费威和兔子老爸那样闷闷不乐。他也不怎么关心阿纳尔达斯叔公的话，叔公毕竟年纪大了，总是愁眉不展。

动物们当然会想念那户人家，他们是那样善良和体贴。过去一年半的每个夜晚，他们都为小动物们准备了丰盛的佳肴。田野和草地上种满了谷物和长草，动物们可以随心所欲享用。新栽种的果树和坚果树正结出果实。房宅的边界处处设有“禁止打猎”的标识。一旦有狗闯入，即便他们只是漫游闲逛，户主的老猫莫顿先生都会立刻把他们赶走。尽管他年纪很大，而且没有威胁，但莫顿先生能够摆出骇人的姿态，吓跑那些毫不知情的狗。

小乔奇心想，或许，动物们都被户主们的关怀宠坏了。如果动物们独自留下过冬，这也许是一件好事情。对于寒冷和降雪，小乔奇并不担心，只要积雪不太深，总会有足够的食物——虽然不富裕，但也足够。艰难的冬季也许是一件激动人心的事情。最近一段时间，兔子坡确实没那么多乐趣了，一切都按部就班，平淡无奇。实话实说，小乔奇已经有些厌倦了。

乔奇找到了田鼠威利，威利的想法与他大体相同。他喜爱冬天，至于积雪有多深，他丝毫不在乎。因为威利和他的家人能够在积雪下挖出地道，这些地道编织成一个奇妙的网络，遍及整个山坡。他试图告诉小乔奇冬天是多么快乐，穿透积雪的光线是多么美丽，觅食是多么轻松，不管外面的天气如何，地道里都是温暖舒适的。冬天也是田鼠走亲访友的好时机，因为他们都居住在自己的小世界里，与大多数其他小动物相隔绝。他的好伙伴鼹鼠生活在位于霜层之下的地底下。威利并不喜欢地底下，因为那里闷热潮湿，总是一片漆黑。况且在冬天，鼹鼠也不是一个贴心的伙伴。

“不过，乔奇，我能随时来找你，”威利信誓旦旦地说，“我会特意挖一条地道，直通你的洞穴，就像去年一样。仅凭阿纳尔达斯叔公的预言，我不认为这将是一个艰难的冬季。”

正在地道口晒太阳的鼹鼠面无表情地望着他们。“你们两个年轻人根本不懂什么是艰难的冬季，”他说，“你们根本没经历过。我记得四五年前的一个冬季，地下三尺结了厚厚的霜，直到五月中旬才融化。当我爬出地面时，瘦得只剩皮包骨了。”

“听起来像极了阿纳尔达斯叔公说的。”小乔奇轻声说道，并继续走下山坡。

路上，小乔奇遇见了灰松鼠。灰松鼠、他的妻子，以及他的所有孩子正在不遗余力地采集坚果，并把它们四处填埋。红松鼠和花栗鼠们全都忙忙碌碌，时而携着坚果东奔西走，时而兴高采烈地吱吱闲谈。

“小乔奇，你最好赶快行动起来，”灰松鼠大喊，“艰难的冬季就要来了。”

“是谁说的？”小乔奇不耐烦地问道。

“是你的叔公阿纳尔达斯说的，他说户主们要离开了，情况将会很糟糕。”

“阿纳尔达斯叔公可不会料事如神，”小乔奇有些不礼貌地回应，“你可别忘了把坚果都埋在哪儿了。”

说完，乔奇没精打采地朝兔子洞走去，因为他知道，兔子老妈将对这个消息感到沮丧。路上，他还遇到了蒂姆·麦格拉斯。他也在争分夺秒地忙碌，为冬天做好准备。他扎紧了所有玫瑰花，并用麻袋把一些常绿植物包裹起来。

“大伙儿都快发疯了，”小乔奇自言自语，“好像他们没经历过冬天似的。”

2

丰收的家园

兔子老妈早已听说了艰难的冬季这个消息。毫无疑问，她也是忧心忡忡。她安排兔子老爸和阿纳尔达斯叔公去整理和打扫储藏室，他们虽然不情不愿、满腹怨言，但还是承担了这个差事。兔子洞的门口摆着八个小篮子。

“乔奇，快过来干活，”小乔奇才回到家，兔子老妈就命令道，“我们还有太多事情要做，天晓得坏天气是不是说来就来，户主们也要离开了——而且，他们究竟为什么要离开呢？那座房子是多么温馨啊，麦格拉斯先生也会为房子铲雪。”

“人们总是渴望改变，亲爱的，”身在储藏室的兔子老爸打断道，“更何况他们是去肯塔基州，这可是他们梦寐以求的改变，我可以理解。可惜的是，你还从没领略过蓝草乡的美貌。”

“一说起蓝草乡你就来劲儿，”阿纳尔达斯叔公大笑，“一小丛康涅狄格猫尾草，哪怕它已经干枯，哪怕它生长在一月或二月，也能令你畅快吧？”

“乔奇，”兔子老妈接着说，“今天晚餐时，我希望你吃得好一些，增添一些脂肪过冬，这很有必要，天晓得除了一个管理员，谁来照顾我们——大伙儿知道，管理员都是一些一无是处的人，如果他们真有本领，就不会当管理员了——我准备了八个篮子，每人提两个。吃饱后，我希望咱们带一些食物回家，存在储藏室里。明天，你跟着兔子老爸还有阿纳尔达斯叔公，去南边的田地采集一些三叶草，把它们晾干，储存好，这样我们也许能平安过冬。不过，我实在想不通户主们为什么要离开，为什么偏偏选在冬季，我实在不明白——”

兔子老妈停下来喘口气，小乔奇便撒腿跑去看日落了。

不久，夜幕降临，兔子一家提着篮子走上山坡。水塘边的石

头一如既往地摆满丰盛的佳肴。一旁，圣·弗朗西斯的雕像俯视着小动物，露出亲切的微笑，清澈的水珠沿着他伸出的双手一滴一滴落入水塘，溅起的水花叮咚作响。橘色的月亮悬挂夜空，硕大无比。四周弥漫着朦胧的暮霭，却格外温暖。冬天，似乎依然那么遥远。至少，小乔奇是这么认为的。

不过，所有其他小动物似乎对阿纳尔达斯叔公的预言深信不疑。山里的每个动物都到场了，它们全都胃口大开，餐桌上的菜肴所剩无几。兔子老妈想方设法地装满了她的两个篮子，阿纳尔达斯叔公装满了一个篮子，兔子老爸和小乔奇则两手空空。

“儿子，这个给你，”兔子老爸一边说着，一边急忙把篮子递给小乔奇，“麻烦替我拿着。我可是一个来自蓝草乡的绅士，岂能像菜市场的老太太一样提着篮子你争我夺！太丢人了！”

此时，费威拖着一大块鸡骨头路过。他放下骨头说道：“我想，不妨多存几块这样的骨头，虽然它并没有什么营养，但如果出现最坏的情况，它总能供我啃一啃。不晓得管理员和他的老女人会留下什么剩菜，也许连剩菜都没有。”

三个装满食物的小篮子孤零零地放置在储藏架上。小乔奇这才意识到，在这个秋高气爽的日子里，他恐怕要花费大量时间来帮助兔子老爸和阿纳尔达斯叔公采集三叶草了。对此，他并不甘心，因为以往每逢秋天，小乔奇总是跟着兔子老爸在乡间漫步。这不但充满乐趣，而且带有几分刺激——陌生的野狗

经常追赶他们，甚至有猎人朝着他们开枪。当然，兔子老爸掌握一手好本领，并经常向小乔奇言传身教，所以他们总是安然无恙，极少遇到真正的危险。

幸好，户主们加大了晚餐的分量，每个小动物不但能填饱肚子，而且各自带了许多食物回家。但是，老妈不把储藏室的每一寸空间填满誓不罢休，所以小乔奇不得不帮老爸和阿纳尔达斯叔公干活。他们把三叶草摘下，晾干，一捆一捆系好，最后存放整齐。就这样日复一日，秋日的好时光便悄悄地溜走了。

树木纷纷披上了一层金灿灿的外衣，争奇斗艳，枯黄的叶子四处飘零，熟透的坚果从树上落下，松鼠和花栗鼠们争先恐后地捡拾。狐狸和负鼠摘下晚熟的野葡萄狼吞虎咽。波奇已经胖得迈不开腿了，只好费力拖着一大堆用来铺床过冬的树叶和干草，朝向自己的洞穴走去。田鼠威利和他的表兄们东奔西跑，从早到晚都忙着采集种子，把它们堆叠整齐，埋在山坡的各个角落。

然而，天气依旧是那么暖和。虽然夜晚确实有一丝凉意，但每个早晨，火红的朝阳总是穿透薄雾，驱散冰霜，照耀在棕黄色的土地上，格外温暖。感恩节即将到来，却丝毫没有冬天的迹象，因此小动物们开始有些懈怠，不少人甚至嘲笑阿纳尔达斯叔公，说他杞人忧天。

“天哪，乔奇，”田鼠威利说，“为了给自己增添一些脂肪过冬，我成天找食物、藏食物，忙得不可开交，身心疲惫，恐怕是白费力气了。我不认为这会是一个糟糕的冬天。十一月就要过去了，可现在天气还像夏天似的。”

“我也是这么想的，”小乔奇同意地说道，“阿纳尔达斯叔公无非是年纪大了，总爱胡思乱想。秋天的大好时节就要结束了，但大伙儿过得一点儿也不愉快。”

兔子老爸也委婉地提出了抗议。但是每天早上，阿纳尔达斯叔公都会来到洞口，仰望着暖洋洋、雾蒙蒙的天空，一脸严肃地感慨：“假象，一定是假象，彻头彻尾的假象。虚假的往往才是最糟糕的。这是我这些年来见过的最虚假的景象。等到十二月和一月，你们就明白谁说得对了。”

正因如此，阿纳尔达斯叔公敦促小动物们加紧干活。到了感恩节前几天，储藏室已经堆得拥挤不堪，再也塞不下哪怕是一根细枝或嫩草。阿纳尔达斯叔公仍不满足——他在床底囤积了一大堆饲草。最后，就连兔子老妈也开始抱怨。“不必担心，”年长的绅士暗笑着，“到了二月或三月，肯定会有很多人到我床底东翻西找。”

终于，感恩节如约而至。这一天，空气潮湿，略有些寒冷。低沉的乌云笼罩着整片天空。蒂姆·麦格拉斯关掉水闸，排干连接水塘的水管。一旁，圣·弗朗西斯的雕像被稻草和麻布紧紧裹住。

为庆祝感恩节，户主准备了一顿格外丰盛的晚餐。不过，聚在一起的小动物们却有些消沉，尽管他们依旧颇有胃口地吃着，还把篮子装得满满当当。餐后，兔子老爸站起身，发表了一段简短的讲话。

“众所周知，”兔子老爸说，“我们善良体贴的户主们马上就要去一个气候宜人的地方过冬了。我年轻时曾有幸居住在那个人见人爱的地区。我必须承认，对于他们的旅途，我甚至有些羡慕。我们必定会十分想念他们。不过，既然我们的存在和健康能够为他们带来些许快乐，我想我们都应当报以感恩。也就是说，无论即将到来的冬天会伴随怎样的困难，我们都要勇敢、乐观地去面对。我们应当竭尽全力保护我们自己和我们的家庭。这样，到了春天，我们就能够健健康康、快快乐乐地迎接他们。”

下山的路上，兔子一家赶上了红狐狸，他提着一整只火鸡的鸡架大步向前，得意扬扬道：“这是感恩节的收获，不错吧？这玩意儿可以啃好几天呢。对了，费威也拿了一大块骨头。”

忽然，阿纳尔达斯叔公停下脚步，伸出手掌说：“瞧，来了。”

这时，大家都意识到，下雪了——轻如羽毛的雪花从平静的夜空缓缓飘落。等他们回到洞穴时，大地早已覆盖了一层白霜。

3
冰天雪地

大雪下了整整一夜。第二天早晨，阿纳尔达斯叔公一如既往地第一个起床。他来到洞口，手脚并用，拨开厚厚的积雪走出门，但很快便返回来，抖抖身子，爬进被窝。“雪深得很呢，”他一边阴郁地说，一边裹上毛毯，“而且还在下个不停。”几分钟后，他便打起了鼾。

中午时分，洞外的声音出现了微妙的变化。兔子老爸出门打探。“下雨了，”他汇报道，“一场冻雨，积雪上覆盖了一层厚厚的冰壳。我刚才差点儿出不去。”

小乔奇感到枯燥无味，只好不停睡觉。傍晚，洞外传来一阵喧哗，把所有人都惊醒了。田鼠威利匆匆赶来，后边跟着他的三个小表兄。因为挖洞，三个表兄冻得直发抖，进屋后立刻到壁炉边安顿下来，但威利异常激动。

“噢，乔奇，”他喊道，“老猫，也就是莫顿先生，他失踪了。”户主整晚都在呼喊他，男主人冒着冻雨在田地里来来回回寻找了一整天，却怎么也找不着他。我知道他的下落，也找到了他，但却无能为力。”

“威利，别太激动，”兔子老爸说道，“你已经语无伦次了。你刚才说老猫失踪，但你找到他了，所以他并没有失踪。麻烦你坐下来，冷静地告诉我们事情的经过。”

“是的，先生，我尽力，”威利回答，“当时，我们正在挖一条通往睡鼠叔叔家的地道——他住在墙脚下的地底下，我妈妈希望确定他是否安好——突然，我们发现老猫躲在墙边的积雪下。他一定是迷路了，而雪积得太厚，他只好躲在一个靠墙的小洞里，让雪盖在他的身上，然后翻过身子，反反复复，直到形成一个舒服的小空间。但现在，他无法脱身了，因为积雪顶部结了一层厚厚的坚冰。”

“可怜的老伙计！”兔子老妈说道，“威利，他一定很冷吧？”

“不，女士，我不认为，”威利答复道，“我并不知道他的感受，但是积雪底下其实很舒适、很暖和。可是，他一定很饥饿，所以我们并没有久留。”

“可怜的人家！”妈妈感叹道，“他们正准备出远门，没想到他们的猫却走失了，何况他们是那么喜欢那只猫！我们一定可以做些什么的，老猫总是对我们那么友善，从不伤害任何人。噢，阿纳尔达斯，你、兔子老爸，还有乔奇能不能做些什么？”

“不关我的事，”阿纳尔达斯叔公果断回答，“这是违背大自然的，仅此而已。老鼠和兔子什么时候开始帮助猫了？他或许从没对我们做过什么坏事，但也从没为我们任何人做过些什么好事。我绝不违抗大自然。”说完，他盖上毛毯，继续睡觉。

“狐狸昨晚带回了一只火鸡的鸡架，”小乔奇若有所思地说，“上边还剩不少肥美的火鸡肉。如果我们能带一些鸡肉给莫顿先生，他至少不会饿肚子。但我们也许无能为力，因为狐狸会同我们其他人一样，被冰雪困在屋内。”

“我想，我们是有办法的，”田鼠威利兴奋地喊道。于是，他安静地坐下，绞尽脑汁思考着兔子坡的地底下所有如迷宫一般的地道。“有了，”不一会儿，威利说道，“有一条地道从这里通向我们家；接着还有一条上坡的地道，穿过岩石花园，通往明妮阿姨的家——这是我爸爸今天早上才挖好的。从那里，有一条长长的地道，向上直通斯塔克波尔叔叔的家，并到达松树附近。我确信这条地道已经挖通了，而狐狸的洞穴距地道很近，我非常清楚具体的方位。只需再花一点点时间，我

们就能挖到那儿。再接着，如果狐狸愿意给我们一点儿火鸡肉，我们可以把它拖下山坡，带给莫顿先生。”

“我担心狐狸是否愿意，”小乔奇表示怀疑，“狐狸跟莫顿先生并不熟悉。不管莫顿先生遭遇了什么，我不认为狐狸会关心它。”

“威利，你们需要千方百计地劝导他、说服他，”兔子老爸命令道，“请务必客客气气，充分发挥你们的口才。你们可以告诉狐狸，如果他答应你们的要求，兔子老妈和我会不胜感激。”

“是的，”威利回答，“走吧，伙计们。”三个小表兄不情不愿地离开壁炉，抖抖身子，飞快地奔向地道。

“这可能需要花一些时间，”威利回头说，“不过，我们会尽最大努力。”

这是一个漫长的夜晚，兔子老妈、兔子老爸和小乔奇一声不响地坐着，想到老猫还躲在狭窄的小空间里避难，被困在厚厚的冰壳之下，他们更是忧心忡忡。兔子老妈对户主们的苦恼感到同情。阿纳尔达斯叔公则一直呼呼大睡。

冻雨似乎告一段落，狂风却瑟瑟袭来。冰雪覆盖的树枝吱吱呀呀地摇晃，有的坠落在地上，不时发出隆隆的声响。尽管屋外万分嘈杂，布莱克路上的卡车轰鸣声依然清晰可辨，不时还传来工人们的呐喊——他们正在抢修倒塌的电线杆。渐渐地，小乔奇也睡着了。

小乔奇被兔子老妈的叫喊声和田鼠们兴奋的叽喳声所惊醒。田鼠威利和他的三个表兄出现在乔奇的眼前，每人手里都提着一长条肥美诱人的白色火鸡肉。他们全都筋疲力尽，兔子老妈坚持让他们短暂休息之后再接着上路。

“干得好，威利，”兔子老爸祝贺道，“我很高兴看到你们用自己的礼貌和口才打动了狐狸。你们必定提及了我的大名，这也起到了一些作用。”

“他当时在睡觉，”威利笑嘻嘻地说，“所以我们根本没费口舌。不过，我们得保持绝对的安静，这就是为什么我们花了那么长时间。”

拿到火鸡肉之后，他们才如释重负，向莫顿先生的藏身处出发。很快，他们便返回了。“他高兴极了，”威利汇报，“我们才把肉送到他嘴边，他就狼吞虎咽地吃完了每一片。但我们不敢长时间逗留，他可能还没吃饱呢。”

第二天上午，小乔奇被兔子老爸和阿纳尔达斯叔公的话音吵醒——显然，他们早就起床了。他们在积雪里挖开一条通向地面的地道，触及了积雪顶部的冰壳，却无法继续前进，只好止步于此。他们气喘吁吁，使出浑身解数，但无论手推、拳打，还是脚踢，都没有任何效果。

“也许只有太阳才能融化这该死的冰块，”阿纳尔达斯叔公怒气冲冲地说道，“之前谁说这是一个艰难的冬季来着？况且，冬天才刚刚开始！”说完，他回到了床上。

小乔奇走出洞口，打量这个使他们困在原地的冰盖。它就像一层磨砂的玻璃，微弱的阳光穿透而入。很明显，洞外是狂风呼啸，因为被风卷起的细叶和粗枝从冰面上翻腾掠过。小乔奇希望自己也掌握一手精湛的挖地技艺，就像田鼠威利那样。他试了试身手，无奈挖得并不远。于是，一家三口吃了早餐，等待阿纳尔达斯叔公醒来。

一两个小时后，阿纳尔达斯叔公醒了，他们决定再次尝试。在兔子老爸和阿纳尔达斯叔公的奋力推挤下，冰盖似乎出现了一丝松动。于是，小乔奇爬上他们的肩膀，使出浑身力气向上推。突然，冰盖裂开一条大缝，小乔奇被弹到冰面上，直面着刺眼的阳光。

周围的一切已经发生翻天覆地的变化。见此情景，小乔奇目瞪口呆。大小不一的枝叶遍地散落；灌木被无情地压垮；纤细的树苗折成弯曲的拱门；高大的雪松像用旧的毛笔凌乱不堪。小至每一株枝叶、每一块卵石，大到整个红砖房，无不包裹在晶莹剔透、闪闪发亮的冰壳之中。寒风依旧刺骨，不过在阳光的照射下，冰雪开始消融，化作叮咚作响的水滴从树上落下。

不远处，男主人和蒂姆·麦格拉斯正抄起锯子和斧头，锯开或是劈开倒塌的树枝，在每棵树枝下小心翼翼地搜寻。

阿纳尔达斯叔公甩掉耳朵上的雪，走上冰面，巡视其他小动物是否破冰而出。兔子老爸和小乔奇飞奔到围墙边的小橡树附近，田鼠威利曾说莫顿先生正是困在了这里。他们轻而易举地找到了目标地点，但无论他们怎么拍打冰面、怎么用爪子抓挠，冰下都没有任何回应。莫顿先生的处境似乎非常不妙。

此时，小乔奇灵机一动。他没有跟老爸打招呼，撒开腿跑上山坡。这段路并不好走，冰面异常湿滑，风也格外凛冽。小乔奇摔了好几个跟头，才来到了松树下。

此处，冰结得并不厚，积雪仍然很松软。小乔奇翻过来调过去地又蹦又跳，终于，他看见了一个暖和的棕色身影——红鹿。早前，红鹿踩松了周围的积雪，把圆形的小院子打理得整整齐齐。他正在目不转睛地欣赏一株铁杉的细叶。

“早安，先生，祝您好运！”小乔奇礼貌地打招呼。

“早安，乔奇，”红鹿答道，“好一场冰风暴，你们这些小家伙过得如何？”

“挺糟糕的，先生，”小乔奇说，“大多数动物都被冰雪困住了，还有可怜的莫顿先生——”小乔奇滔滔不绝地讲述了莫顿先生的处境，并恳请红鹿的帮助。

“我不知道，”红鹿犹豫不决，“我讨厌在冰壳上行走，因为我的脚踝容易被冰块划伤。积雪会掩盖坑洞、地道和石头，一不小心就可能把腿摔断。我跟那只猫交集不多，井水不犯河水。不过，我们确实对那户人家有不少亏欠，我想我还是应该帮忙的。走吧，我尽力而为。”

下山的路上，红鹿小心翼翼，每朝着冰面踏出一步都战战兢兢，他总是先把一只蹄子踩稳当了，再轻轻地迈出其他蹄

子。小乔奇兴致高昂，在一旁绕着圈子，蹦蹦跳跳、连跑带滑地过了冰面，甚为刺激。蒂姆·麦格拉斯和男主人放下手头的劳动，静静地望着这一两只动物走过身旁。

另一边，兔子老爸依然孜孜不倦。他对着冰壳反复抓挠、拍打，但丝毫没有任何效果，尽管他坚信听见了莫顿先生发出的一两声叫喊。这时，红鹿赶来了。他抬起如凿子一般锐利的鹿蹄，用力踏破了冰面，又小心地把碎冰挪开。兔子老爸说明了叫声的来源，红鹿便用蹄子朝着那个方向探索。越是接近目标，小乔奇的呼吸就越急促，越紧张。

终于，红鹿轻轻一推，掀开最后一大块冰，只见莫顿先生蜷缩在雪堆里。老猫站起身，姿态略显僵硬。他满脸烦躁地抖抖身子，没多看救援队一眼，挺直腰板走上山坡。他迈出高贵的步伐，不料却一个踉跄，笨拙地扑倒在冰面上。兔子老爸赶忙把这个消息带回家里，好让兔子老妈安心。

男主人抱起老猫，把他抱回屋子。蒂姆·麦格拉斯目瞪口呆，惊讶地看着这群动物。红鹿循着来时的脚印，谨慎小心地往回走，身边的小乔奇则是兴高采烈绕着圈打转。红鹿的脚踝被冰划伤了，回程的路途留下了几滴血迹。

蒂姆走到墙边，查看了老猫被困的地方，又望了望红鹿的脚印，以及周围散布的碎冰。“我的老天，”他自言自语，“要不是我亲眼所见，真不敢相信！我都有点儿不知所措了。”

接着蒂姆走进了工具房，拾了一大把干草拖上山坡，来到松树旁，把干草撒在红鹿的足迹边上。“我也来给野生动物喂喂食！”他露出了腼腆的笑容，“一定是我的脑袋落伍了，今后我必须多多读书喽。”

4
城里人

第二天早晨，小乔奇是第一个醒来的。昨天，小乔奇在冰盖上溜过来、滑过去，可谓趣味无穷，他依然意犹未尽。但是阿纳尔达斯叔公并不喜欢滑冰，而且这件事在兔子老爸看来是极不礼貌的。

大多数小动物还困在冰盖下。小乔奇滑着滑着，碰巧遇到了灰松鼠一家——他们东奔西跑，每个人都愁眉不展。他们脚下撒满了坚果，大的小的，处处皆是，在冰面上翻滚，有的堆积在墙角边，有的躲藏在落叶下。一旁躺着一株空心的大树枝。显然，它经不住冰风暴的肆虐，从树干上坠落。可是，树枝压垮了灰松鼠的小窝，为寒风打开了一扇大门。松鼠们四处躲藏，坚果也遍地散落。

“幸好，我们都安然无恙，”松鼠失落不已，“这实在是一次可怕的经历。看看我们的食物，散落在四面八方！”他一边解释，一边奔走，拾起几颗坚果，堆放在一起，又拾起一些，再堆放，反反复复。

松鼠的妻子哀叹道：“到处是坚果，我们连躺下来的地方都没有了。真是一个艰难的冬季，户主们也要离开了。”

听完，小乔奇赶回兔子洞。再返回时，他手提两个小篮子。“如果你们把坚果装在这里，”小乔奇建议，“而不是捡了又放、放了又捡，你们大可不必这么费力。我相信，你们的亲朋好友会收留你们的——如果你们带上自己的坚果。”

“他们应该会收留我们吧，”松鼠叹了一口气，说道，“屋子被毁了，我非常难过，那可是我和我父亲出生的地方。我埋在其他地方的坚果，目前就剩这些了。其余的都埋在积雪下，就算我有本事来取，大概也记不清它们的具体方位了。谢

谢你的篮子，小乔奇，麻烦你转告阿纳尔达斯叔公，他的预言果然不假。我们安顿好后，就立刻把篮子还给你——如果我没忘记的话。”

松鼠们继续焦头烂额地收拾坚果。小乔奇与他们道别后，往山坡上走去，准备再玩一次“滑滑梯”。这时，田鼠威利向他问好。威利成功挖出一条通往地面的地道。此刻，他正在一小丛灌木里休息，享受来之不易的微弱阳光。

“乔奇，阿纳尔达斯叔公说的一点儿没错，果真是一个艰难的冬季，”威利说，“至少对松鼠们来说是这样的。”

“噢，我不确定，”小乔奇回答，“那些松鼠总是遇到这样或那样的麻烦。天气正在渐渐回暖，冰盖总会融化的，到时候所有人都能够外出了。”

“但愿如此吧，”威利说，“瞧，周围一个人影儿都没有，冷冷清清的。”

大房子外的声响打断了他们的对话。不一会儿，户主们的旅行车碾过结冰的路面，缓缓驶离。车里堆满了大包小包，佩戴披肩的索夫罗尼亚坐在车上，她的身旁放着一个裹着毯子的柳条篮子，莫顿先生躺在里头，闷闷不乐地张望四周，脸色不见得比他困在雪夜时好多少。早前帮忙装载包裹的蒂姆·麦格拉斯站在转弯处，向户主们挥手告别。

见到小乔奇，男主人踩下刹车、举起帽子，问候道，“早

安，先生，很高兴见到您。”接着，伴随马达的轰鸣，汽车沿着布莱克路向远方驶去。

威利和小乔奇孤零零地站在白雪皑皑的土地上。一瞬间，他们都有了一丝不祥的预感。

“好吧，我得去通知我的老爸和老妈。”小乔奇若有所思地说，于是撒腿奔向兔子洞。

“这场冰风暴真不凑巧，”兔子老爸感叹，“我原本希望，我们所有小动物都可以亲自送别我们的好朋友，可谁想到，只有小乔奇见证他们的离开。毫无疑问，他们一定兴致勃勃地朝着蓝草乡驶去。我希望……”

“先别管你希望什么，也别管蓝草乡了，”阿纳尔达斯叔

公打断道，“乔奇，那个管理员来了吗？”

小乔奇摇摇头，他并没有见到管理员的身影。

“我想亲眼看看他，”阿纳尔达斯叔公接着说，“他和他的老伴才是关键。最好擦亮眼睛，等他抵达时，好好打量他。”说完，阿纳尔达斯叔公蹦蹦跳跳走出门，到转弯处站岗等待。

至于天气，小乔奇的推测是正确的——气温正在明显回升。随着冰盖迅速融化，地表处处是大片的积水。户主们的旅行车在地上留下的车痕已经变成一条细细的溪流，沿着马路潺潺而流。

蒂姆·麦格拉斯一如既往地辛勤工作。他清理了散落的树枝，把它们劈开，用作柴火。中午时分，天空开始下雨。麦格拉斯跑到工具房避雨。此时，许多小动物已经能够破冰而出。但大多数人只是匆匆看了一眼泥泞的周遭，便返回各自的洞穴。

然而，阿纳尔达斯叔公并未离开他的岗位。红狐狸正小心翼翼地迈过水坑，避开污泥。见到阿纳尔达斯叔公，他停下了脚步。

“管理员还没来吗？”红狐狸问道。

“没有，”阿纳尔达斯叔公回答，“很可能被风暴耽搁了。所以我要坐在这儿，仔细瞧瞧他。你最好也跟着我亲眼看看。”

“仅凭人们的外表，很难猜测他们会给我们留下哪些食物，”狐狸说，“我倒希望他们赶快过来。近来我什么都没吃，除了一只老乌鸦，口感像鞋底一样硬邦邦的。感恩节时，户主给我留了一只美味的火鸡鸡架，但有人趁我睡觉把大部分肉偷走了。我至今不知道是谁干的。最有可能偷走它们的莫过于田鼠了，可田鼠是不吃肉的。真是莫名其妙。”

狐狸待了一阵子，最后还是厌倦了等待。他走上山坡，返回自己的洞穴。兔子老爸和小乔奇也曾短暂出没，但阿纳尔达斯叔公并不欢迎他们，因为他时刻目不转睛地盯着马路，不愿为无意义的对话而分心。于是，父子二人也欣然地回到兔子洞。想到那位年长的老绅士长时间在外淋雨，温柔的兔子老妈无比担心。

这个漫长的下午枯燥无味、鸦雀无声，只听见淅沥的雨滴和破碎的冰盖声。兔子老爸在椅子上打起瞌睡，在梦里遇见了他朝思暮想的蓝草乡。

突然，阿纳尔达斯叔公的匆匆赶来打破了这片沉寂。他全身湿淋淋的，双耳弯曲，喘着粗气，左侧臀部有一大片皮毛不见了。他气得浑身发抖，怒不可遏。

“怎么了，阿纳尔达斯叔公，”兔子老妈大喊，“发生了什么事？”

“什么事？”阿纳尔达斯叔公理顺了呼吸，火冒三丈，“太多事情了，数不胜数。那帮人来了，管理员和他的老伴。他们竟然带了一只狗！最卑鄙、最无耻、最可恶的杂毛狗！它差点儿把我逮住了！那个该死、下流、粗鲁的浑蛋！”

“狗？在兔子坡？”兔子老妈惴惴不安，“噢！多么可怕！很多动物都还很年轻，没见过世面呢。户主们出门远行，老猫也不在了，再没有人保护我们了。动物们不但没跟狗相处过，而且大多数根本没见过狗，更何况是一只粗鄙的狗。阿纳尔达斯叔公，他属于哪种狗？”

“哪种狗？”老绅士怒发冲冠，“我已经说了，他卑鄙无耻——就是这种，恶毒、卑鄙、无耻。”

“我想兔子老妈指的是‘品种’，阿纳尔达斯叔公，”兔子老爸插了一句，“那只狗是什么品种？”

“品种，对吧？”阿纳尔达斯叔公发出一声冷笑。他甩干耳朵上的雨滴，又摸了摸光秃秃的臀部。“他什么品种都不是，我分辨不出来。有点儿像警犬，又有点儿像猎犬，大概是警犬和猎犬杂交的吧。总之，它是一只城市狗。嗅觉差，脑子差，礼节更差。连田鼠和豪猪都分不清。瞅到什么都要吼几声、撞几下。他们的车还没停稳，那只狗就猛然冲出，差点儿逮着我。我把他引下山坡，躲到一丛荆棘里。他当时根本不知道那是什么。他现在倒是见识到了，但肯定也不长记性。”

“那只狗的主人呢，管理员和他的老伴，还有其他人呢？”兔子老妈满脸焦虑，“他们都是什么样的人？”

“我又怎么知道呢？”阿纳尔达斯叔公咬牙切齿，“我当时忙于逃跑。我只知道，养那种畜生的人，肯定没长脑子。”

“我认为，”兔子老爸说，“我跟小乔奇还是把这个新麻烦告诉朋友们为好。”

“没错，”阿纳尔达斯叔公一边铺床，一边牢骚满腹地说道，“这个山坡的每个动物都有危险。到丹布里路上边去安家是一个不错的选择，只怪天气太恶劣。”

兔子老爸和小乔奇在兔子洞外逗留了一会儿，仔细嗅闻、小心观察、认真聆听。可是，除了叮咚作响的水滴，山坡上万籁俱寂。大房子昏暗阴沉、毫无生机，所有窗户皆是一片漆黑，唯有厨房亮着一盏灯。车库里传来孤寂的狗叫声，但这反而令他们放心——至少，狗是被关起来过夜的。

“乔奇，你去把这个消息告诉田鼠威利，”兔子老爸说，“只要他们的地道没被水淹没，他和他的朋友们就可以去往任何地方。我来寻找狐狸的下落。”

找到狐狸，丝毫不费工夫。红狐狸刚刚在垃圾桶里搜索了一番，但是一无所获。他一丝不苟地听兔子老爸描述这个不速之客。

“我唯一讨厌的就是，那是一只城市狗，”狐狸说，“城市狗喜欢恶狠狠地扑向任何事物，完全没有道理可言。它们的危险是乡村狗的两倍。乡村狗很有自知之明，别人可以指望他们，而城市狗根本搞不清自己在做什么，弄得别人也晕头转向，直到他们扑上别人的后背。我要把这个消息告诉红鹿——反正我也是顺路。他十分爱护自己的心肝宝贝。如果那只猎狗打扰他，他很可能离开这座山坡。这必定是户主们不希望看到的。”

“确实如此，”兔子老爸同意道，“如果红鹿这样离去，每个人都会无比沮丧的。”他叹了一口气，接着说，“我渐渐觉得，阿纳尔达斯叔公的预言并不是没有道理的，至少这个冬天的开端很不顺利。”

听罢这个消息，田鼠威利的神情十分沮丧。“苍天哪，乔奇，”威利尖叫道，“这太可怕了。小山以前是多么的宁静。我一直听说，城市狗无论遇到什么都横冲直撞，不管见到什么都大开杀戒。说不定，他会把我们鼠类当作大猎物呢！”

“至少那不是一只城市猫！”小乔奇笑道，“那可就更糟糕了。你尽可能把消息告诉所有小动物，特别是灰松鼠，尽管他们很可能天还没亮就忘得一干二净。”

小乔奇走下山坡时格外小心。他不敢看那座死气沉沉的大房子。即使那只猎狗被关了起来，他的咆哮依然令小乔奇毛骨悚然。或许，阿纳尔达斯叔公的预言暗藏玄机。尽管他不停提及天气，可是迄今为止天气算不上太糟糕。这个夜晚格外暖和，并不是那般严寒。到了早晨，雨水就可以融化积雪，冲走污泥。

小乔奇回到家时，储藏室的屋顶出现了严重的漏水现象。于是，他只好跟兔子老爸一道，足足花了两个小时没精打采地修理屋顶，索然无趣。

5

恐惧笼罩

第二天上午，小乔奇失望不已。因为在兔子老爸打探清楚新来客，尤其是那只猎狗之前，小乔奇被禁止踏出家门半步。白天，阿纳尔达斯叔公也不打算外出冒险——昨晚的经历依旧令他耿耿于怀。

小乔奇虽然安分地遵守命令，但他禁不住把身子探出门外，望着兔子老爸无所畏惧地走上山坡。兔子老爸是一名技艺娴熟的驯犬行家。旁人仅仅是观摩他驯犬就能够受益匪浅。

兔子老爸无忧无虑地走向大房子，穿过马路，坐在转角边上，挠了挠耳朵。刹那间，猎狗猛然从车库里窜出，一边凶恶嘶吼，一边气势汹汹扑向兔子老爸。眼看猎狗扑来，兔子老爸向右蹦了一小步，与猎狗擦身而过。猎狗扑了空，在地上滑了一跤，于是疯狂地挥舞爪子，企图转过身，兔子老爸则漫不经心地挠着耳朵。猎狗气急败坏，又发起了五六次凶残的攻击，然而却徒劳无获，只是在马路上留下许多抓痕。

接着，兔子老爸又蹦又跳地上了山坡，向一大丛杨梅树跑去，身后的猎狗也紧追不放。兔子老爸绕着树丛跑了一圈，突然，他蹦到一旁，藏在深草丛里一动不动。猎狗依然穷追不舍，他围着树丛绕圈，犹如一只幼犬追赶自己的尾巴，一圈接一圈，直到精疲力竭。兔子老爸起初还饶有兴趣地观望，之后也感到厌倦，于是他撒腿离去，跃过田野，途中还经过了蒂姆·麦格拉斯的脚边。原来，麦格拉斯一直在一旁欣赏这出戏，看得津津有味。不依不饶的猎狗路过他身边时，蒂姆用耙子向他扫去，不过未能命中。

兔子老爸向一丛荆棘奔去。昨晚，阿纳尔达斯叔公正是借用这片荆棘甩掉猎狗的。他靠近荆棘，于是放慢脚步，待咆哮的猎狗即将扑来之际，他一头扎进狭小的地道里。这个地道是他和小乔奇几个月前一同挖通的。关于这只猎狗的愚蠢，阿纳尔达斯叔公说得一点儿也不错——即使有了昨天的经历，这只狗依旧“不长记性”。猎狗纵身跳入荆棘之中，趾高气扬的咆哮立刻变成了痛不欲生的哀号。他狂乱挣扎，设法从杂乱的荆棘中脱身。

荆棘的远处，兔子老爸从地道的另一端走出，一蹦一跳地返回兔窝；另一边，猎狗疲惫不堪，一瘸一拐地走向车库。

“这个新来的犬类并不像我们所设想的那般可怕，”兔子老爸宣告道，“确实，他体型粗壮、力大无比，但他也傻头傻脑，行动笨拙。尽管他是一个不速之客，让我们心神不宁，但是只要采取适当的防备，我们就可以轻而易举地避开它的危害。我相信连小乔奇都足以应付它。我没料到，阿纳尔达斯叔公，你居然掉以轻心了。”

“我没想到会蹦出来一只狗，”阿纳尔达斯有点儿不好意思地轻声说道，“更何况他是从车子里蹦出来的。”

“每个人都应防患于未然，每时每刻都对意外做好准备，”兔子老爸强调，“尤其是面对这样的动物。它是一个

突击手，但它的主要威胁在于，因为它没见过世面，稀里糊涂的，所以它可能会做一些不合情理的事情，而有教养的乡村狗通常都会三思而后行。我最好到山坡走一遭，提醒我们的朋友和亲人们防范这只猛兽。小乔奇，我劝你也去告诉你的朋友们。”

“那些管理员呢？”兔子老妈问，“你看到他们了吗？”

“他们并没有出现，”兔子老爸回答，“他们是城市人，我猜他们习惯睡懒觉。”

“我去察看察看，”阿纳尔达斯叔公说道，“说不定我可以再遛遛那只狗，看看他是否从荆棘的刺痛中吸取了教训。”

“我的天哪，乔奇，”听说了猎狗的消息，田鼠威利惊呼道，“我们已经遇到麻烦了。那只猎狗确实没头没脑的，就在刚刚，他把明妮阿姨的洞穴挖开一个大口子，乡村狗根本不会费这个劲。他还把岩石花园刨得乱七八糟，麦格拉斯先生发现后，就把他赶跑了。幸好他跑走了，否则几分钟后明妮阿姨的巢穴就崩塌了，而她所有过冬的种子都储藏在那儿。她吓得失魂落魄。因为岩石花园被糟蹋了，麦格拉斯先生气愤不已。我猜他也不喜欢那只猎狗。”

“谁会喜欢他呢？”小乔奇笑了笑，“对了，灰松鼠还好吗？”过去的一个小时，灰松鼠高高躲在树上，火冒三丈，对着树下破口大骂，喋喋不休。

“那只狗也差点儿逮住他，”威利说，“他无比愤怒，所以不停地高声斥责。我猜他早已忘记自己在生什么气，只知道无止无休地骂下去。”

“早安，先生，祝你好运！”兔子老爸向红狐狸问好。

“早安，”狐狸回道，“听说你和阿纳尔达斯叔公一直在试探那只新来的猎犬，他是什么样子的？”

兔子老爸一五一十地告诉了狐狸。

“哼，”狐狸说，“对一只城市狗，别有太高的期望。就算是遛他跑，也毫无趣味。反正我也不会一直待在这里。如果我还想吃东西，我必须得到处走走。”

兔子老爸问道，“近来的食物如何？”

“食物？那也叫食物？”狐狸厌恶道，“目前为止，他们丢下的只有啤酒罐和香蕉皮。也许这些就是城市人眼中的垃圾吧，但不是我想要的。我正盘算着搬到十字路口那个胖子家的边上。他养了几只凶恶的狗，但他的垃圾桶确实很丰盛。”

阿纳尔达斯叔公带回了有关管理员的情报。情报很简短，但极不乐观。“管理员对那只狗宠爱有加，”阿纳尔达斯叔公汇报道，“他们都是那么卑鄙、愚蠢。他们的唯一差别在于，那只狗看起来强壮、健康，而管理员是一个小个子，面容苍白，体形消瘦。他在外头一边和麦格拉斯讲话，一边瑟瑟发抖，似乎感到特别寒冷。一月或二月之前，他甚至不会把他的鼻子探出门口——这也正合我意。”

“他的老伴呢？”兔子老妈问道，“你见着她了吗？”

“一个邋里邋遢的人。”

经历了一场突如其来的大雪和冰风暴，随后的几天里，

天气格外宜人，令人捉摸不透。一日之内，冷暖交替——夜晚是刺骨的严寒，而正午的太阳又使人神清气爽。所有小动物又开始卖力地采集食物，为即将来临的坏天气做准备。田鼠们跑遍了小山，老树桩、墙角边、枯枝下，到处都埋藏着采好的种子。从早到晚，灰松鼠一家、红松鼠们和花栗鼠们来回奔走，忙着采收坚果，把它们藏好。兔子们卖力吃着三叶草，有条不紊地咀嚼，每个人的体形都是圆滚滚的，颇有波奇的模样。

园子已经过了丰收的季节，因此小动物们可以随意进入菜田，捡拾剩余的瓜菜。一排被冻坏的卷心菜深深吸引了兔子老爸和小乔奇。于是，他们怡然自得地享用又一餐美食。

突然，平静被一阵猛烈的轰鸣所打破，如冰雹一般的子弹飞快掠过，炸翻了两人之间的土地。一方面出于直觉，一方面也出于害怕，小乔奇向侧面跃了一大步，就近躲在一丛灌木下。他被巨大的声响吓得魂飞魄散，便环顾四周，只见管理员气急败坏地举枪瞄准，这一次，枪口对准了兔子老爸。兔子老爸究竟怎么样了？

小乔奇并没有向山坡飞奔（如果他撒腿就跑，他现在已经在半山腰了），而是在到处徘徊，漫无目的地走了不足二十英尺。他一度以为自己中枪了。

一眨眼的工夫，兔子老爸迈着大步飞快地跑到小乔奇的左

边。一秒后，又一阵轰隆声响起，几发子弹再次炸翻了土地，命中了兔子老爸刚才经过的地方。

小乔奇惊讶不已——此刻，兔子老爸正一蹦一跳地穿过灌木，从容不迫。他询问小乔奇是否安好，接着他们一同沿着马路向下走，差点儿绊倒了匆忙跑上山坡的蒂姆·麦格拉斯。他们停下脚步看了看蒂姆——他气红了脸、怒发冲冠，径直向那个倒霉的管理员跑去。

“把枪给我！”蒂姆怒吼。满脸困惑的管理员把枪递给他，他把枪扔在车后座上，继续呵斥，“等春天户主们回家后，才允许你把枪取走，如果那时你还在这里的话。我怀疑在那之前你就已经被开除了。”

“你有什么理由这样做？”管理员抱怨道。

“理由？因为你在设有‘禁止开枪’标志的土地上开枪，因为你在非狩猎季节打猎，因为你未经允许擅自携带枪支，因为你没有狩猎许可证。我是一名狩猎监察官，一名副警长。你还想听什么理由吗？”

管理员没有顶撞，灰溜溜地返回了厨房。

两声枪响回荡在整座山坡。在这个多年未闻枪火的地方，居然传来了两声枪响！所有小动物都第一时间聚到一起，亲眼见证管理员出丑，就连红鹿也站在松树旁饶有兴致地俯视——除了冬眠的波奇和费威；鼹鼠也没到场，他住在地底深处，听不到任何动静。动物们围在兔子老爸和小乔奇周围，庆贺他们死里逃生，幸运地躲过一劫。

“这可不是运气，”阿纳尔达斯叔公突然说道，“与运气毫不相干。这是智慧的体现，虽然我不愿意承认。我目睹了这一切，兔子老爸可谓急中生智。我见识过一些了不起的手段，我自己也尝试过，但都比不上兔子老爸。”于是阿纳尔达斯叔公滔滔不绝，描述着兔子老爸如何从容不迫引开敌人的第二轮进攻，如何不失时机地精准避开子弹，又是如何在知晓危险已过的情况下从管理员的眼皮底下溜走，把小乔奇领到安全地带。

“谢谢，谢谢您，阿纳尔达斯叔公，”阿纳尔达斯叔公的话音刚落，兔子老爸便谦虚地说，“这没什么了不起的，无非是我年轻时在蓝草乡学会的一些小计谋。”

“噢，当然，当然了，”阿纳尔达斯叔公低声道，“在你眼里，所有的好东西都来自蓝草乡。不过，刚才确实干得漂亮。至少在春天之前那把枪都不会出现了。但即使每次外出觅食都不再担心被枪口对准，这个冬季依旧会非常艰难。”

6
费威的威力

每逢周日，蒂姆·麦格拉斯都不来上班。如果他在，他一定会注意到那只狂躁的猎狗在园子的尽头吵吵嚷嚷，并且一定会想办法阻止他。小乔奇一走出兔子洞，就听到了猎狗的吠叫。叫声从波奇的洞穴附近传来。小乔奇立刻前去一探究竟。

吠叫并不是来自波奇的附近——它正是从波奇家传来的。小乔奇走近一看，那只猎狗只有下半身留在地面。他一边疯狂挖地，一边疯狂嘶吼。猎狗挖出一个洞，好让他的小腿迈入洞中，接着用腿把泥土和石头向外刨出。

小乔奇确信波奇已经醒了——毕竟，在这等粗野的嘶喊声中，没人能够安睡。小乔奇赶忙环顾四周，果然发现了波奇的紧急出口，于是也钻入小洞。他穿过狭长的通道，来到了一个较大的起居室。洞里，波奇早已清醒——他比以往任何一个冬天都要清醒——正在顽强和猎狗抗争。

早前，波奇把他一大半的家具和许多过冬的干草堵在洞口处。现在，他正忙着用泥土和石头填堵。尽管他动作迅速，猎狗总是从另一侧撕裂障碍。可怜的波奇躯体笨拙，困倦不堪，这似乎是一场必败的战斗。

“你为什么不走紧急出口呢？”小乔奇一边问道，一边帮忙从墙壁掏下泥土。

“我实在钻不过去了，”波奇气喘吁吁地说，“瞧我这身脂肪。另外，我才不会被一只城市狗赶出我的家。我先和他抗争，你能不能想办法把他引开。”

小乔奇穿过通道，从紧急出口爬出。他在忙碌的猎狗周围左蹦右跳，企图吸引他的注意力，但未能奏效。小乔奇生气地跺跺脚，想尽了所有他记得的恶语，朝着猎狗破口大骂，但猎狗始终没有抬头。小乔奇不甘心，于是跃上猎狗的身子，使出一只年轻兔子所能使出的所有力气，向猎狗肥大的侧腹踢去。他蹦起来，踢下去，反反复复，每一次都更用力，每个爪子都伸展开来。猎狗被小乔奇踢出了血。有一次，猎狗张开爪子向他拍去，犹如拍打一只恼人的苍蝇，可是仅此而已。显然，那只笨狗的脑子只有一根筋，他一门心思想要捉捕波奇，其他事情皆不管不顾。

小乔奇停下来喘喘气，忽然波奇模糊的喊声从洞穴里传来：“把费威喊来，乔奇，去把费威喊来！”

遵照波奇的指示，小乔奇火速穿过田野，来到石墙下的费威家。费威家的入口处盖满了干枯的树叶，小乔奇匆忙踢开树叶，走进屋内，只见费威还在安然熟睡。小乔奇花了几分钟的宝贵时间，又是推搡，又是摇晃，终于把费威叫醒了。

“咦，小乔奇，”费威打着哈欠问，“怎么了？”

小乔奇继续摇晃费威的身子，喘着粗气，把波奇的处境讲述了一番。“麻烦你了，费威，快点儿，”小乔奇恳求道，“麻烦了！”

费威义不容辞，可是他太困了！他走路摇摇摆摆，脚步踉跄。小乔奇一边替他指路，一边推着他前进，两人缓慢地穿过田野。猎狗的身影几乎看不见了，只有尾巴露出地面。他们走近时，小乔奇惊恐地发现，各式各类的家具和干草不断从洞内飞出。

这时，寒冷的空气和明媚的阳光已经让费威全然苏醒。他站在一旁，而小乔奇又试图吸引猎狗的注意。他蹦起来，踢下去。再蹦起来，再踢下去。最后，他鼓起胆量，对着猎狗的尾巴狠狠咬了一口。然而，猎狗依然无动于衷。

终于，猎狗开始退却，他踢开身后自己刨出的泥土。他马上就要穿过屏障，他感到屏障越来越薄弱，已能嗅到洞内土拨鼠的气息。此刻，他可以抽出时间短暂休息。

不过，猎狗首先需要解决那只麻烦的兔子。他挺着隆起的体侧，发出刺耳的呼吸声，忽然他那充血的双眼瞥见了费威——费威几乎就在他的眼皮底下。这又是一个麻烦！一只黑白相间的小蠢蛋，趾高气扬，轻蔑地跺着前掌，弯着尾巴。他居然如此放肆！要尽快解决他！

于是，猎狗犯了一个天大的错误——这个错误，任何其他动物只要不是愚蠢至极，根本不会去触犯。伴随着凶恶的咆哮，他张开利爪，径直扑向了费威！那可是一只不折不扣的臭鼬，又称“臭气大王”，就连野猫和美洲狮见了他也得礼貌地退让三分。

小乔奇预见了这个结果，他撒开腿奔向紧急通道，躲进洞内。顿时，来势汹汹的猎狗淹没在一片金色的迷雾当中，一股令人窒息的强烈臭气随之而来。

短暂的寂静后，随着一阵撕心裂肺的尖叫和咆哮，猎狗挣扎着跑出洞穴，朝着房子的大致方向奔去。他双眼模糊，疼痛难耐，一路上挠着头、打着滚、揉着眼，碰撞着树木和卵石，但从未停止嘶吼。

听闻猎狗的吠叫，管理员迅速跑出厨房，不料跟猎狗撞个正着，一同跌下台阶。这时，管理员哀号不已，与猎狗一呼一应。他的老伴见状也尖叫起来，屋子里一片嘈杂。他们的叫喊声回荡在整个山坡，打破了往常周日早晨的清静。

洞穴里，小乔奇找到了波奇——他累得上气不接下气，好在没有受伤，只是有些疲惫。屏障依然坚固，尽管不少刺鼻的臭气已经渗入洞内。费威不慌不忙地走进洞内，得意扬扬地摸了摸胡须。

“太感谢了，费威，”波奇表示，“你干得太棒了。还有你，小乔奇。你们都是患难见真情的好朋友。”他环顾凌乱的房间，坐在自己床上——幸好床还安然无恙。“一切都还好，我的床也没被破坏。你们请慢走，我想我还是接着睡觉吧。”说完，他昏昏欲睡地钻进树叶和干草。“二月——二日——再见——”

“我想——我也要——睡觉了——”费威打着哈欠，“再见——小——乔奇——”

于是，费威在他好友一旁蜷缩起身子。不一会儿，他们都安稳地打起呼噜。

大多数动物都被这场骚动所惊醒。小乔奇回到家时，许多动物早已聚集在兔子洞旁。听到老波奇安然无恙而猎狗遭到报应的消息，他们都无比开心。

“嘻嘻，”阿纳尔达斯叔公笑着说，“那只蠢狗被臭鼬教训了！他活该，也许他这次该学乖了，永远别多管闲事。也可能他就是没长进——因为太笨了。几天之后，他可能又像往常一样到处兴风作浪。只不过，那时候土地已经冻住了，看他还怎么挖地。”

“在我的记忆里，这是费威第一次在兔子坡施展他的威力，”兔子老爸一边说，一边闻了闻空气，“但愿这也是最后一次吧！”

“绝不是，”阿纳尔达斯叔公说，“记住我的话吧！”

管理员难以忍受车库里的恶臭，于是把猎狗绑在户外——不幸的是，把他绑在了垃圾桶旁边。早前，狐狸翻遍了垃圾桶，却并未找到自己喜爱的美食。于是，整晚狐狸都在戏弄、嘲笑那只可怜的野兽，以此发泄自己的失望。寒冷的夜空回荡着猎狗的哀号，闹得管理员和他的老伴难以入眠，小动物们却把它当作悦耳的催眠曲，愉快地进入梦乡。

7
着火啦

现在，冬天真的来了。干冷的北风昼夜无休地吹袭，即便是建得最好的洞穴也难以抵挡。天气令人苦不堪言。田野里，枯草沙沙轻弹，种荚嘎嘎吟唱，光秃秃的树干也鸣奏着一曲低沉而绵延的笛声。

霜冻穿透土地，越结越深。波奇现在不必再担心房子被人挖开。鼹鼠又向地底搬移了一英尺。小乔奇庆幸自己多备了一层脂肪，还有了更加厚实的皮毛。

一天晚上，阿纳尔达斯叔公突然说道："我闻到烟味了。"

"谁没闻到呢？"兔子老妈答道，"你的老烟斗，再加上屋里的壁炉，除了烟味，我什么都闻不到。"

"那可不是烟草的味道，也不是柴火的味道，"叔公敏锐地说道，"小乔奇，派你出门看看。"

小乔奇听话地小跑到洞口，掀开兔子老爸挂在门口挡风的毯子向外望去。

眼前的景象令小乔奇提心吊胆。整个屋外笼罩在一片令人窒息的黑烟里，透过烟雾，橘色的火光正在熊熊燃烧。一面火墙正在冲下山坡；明亮的火舌从一株树丛蹿到另一株，从一棵树跃到另一棵。着火的树叶被风吹起，落在草地又引燃新的火苗。小乔奇见灰松鼠带着全家玩命逃跑。狐狸也疾驰冲下山坡，毛茸茸的尾巴有些烧焦。田鼠一家惊慌不已，从小乔奇身边尖叫着飞奔而来，躲进兔子洞里。猛烈的大火声势震天，淹没万物，如排山倒海一般蔓延而下。

"着火啦！"小乔奇一边尖叫，一边跑回屋子，恰好碰上兔子老爸和阿纳尔达斯叔公。他们现在得知了屋外的灾难。于是，三人一起浸湿毛毯，用他们钟爱的成捆的三叶草堵住洞

口，尽管不少呛人的烟雾已经渗入屋内。

随着屋外的声势越来越大，兔子老妈试图安抚惊慌失措的田鼠们。现在，轰鸣声就从他们的头顶上方传来。兔子洞一度炎热难耐，随后烈火过去了。

阿纳尔达斯叔公抬起手，短暂的寂静后，他们听到了响亮的长鸣。“是消防车，”阿纳尔达斯叔公说道，“像往常一样姗姗来迟。”

警报声越来越近，他们感到土地在颤抖——村子里的消防车轰隆隆地穿过田地，朝兔子洞的方向驶来。突然，一阵雷鸣般的巨响迸发而来，小乔奇如同经历了世界末日。屋子的墙壁倒塌了；储藏室一捆捆三叶草东倒西歪。消防车的马达继续轰鸣。屋外一片嘈杂——嗞嗞的流水声，消防员的叫喊声，以及他们匆匆的脚步声。屋子里哐当作响，土地微微颤动，卵石从天花板上坠落。

阿纳尔达斯叔公小心翼翼地来到储藏室，拨开几捆三叶草，见到了一堵压弯的黑墙，墙上散发着橡胶的气味。随后，他火冒三丈，踢开一捆三叶草，怒斥道：“可恶的消防车，一只轮子竟然压垮了我们的储藏室！这下好了，我们过冬的食物现在是一团糟！到底是哪个傻瓜开车不看路？”

火势蔓延到布莱克路，很快就熄灭了。一切轰鸣和震荡也随之停歇。消防员们正在收起水管，脚步声和叫喊声愈发响亮。接着，又一次传来马达的巨响，一只巨大的轮子轰隆而来，碾过兔子们辛苦采集的三叶草。三叶草被压成湿漉漉的一团，顺着车轮被甩到田野上，四处遍布。兔子洞弥漫着一股汽油和橡胶过热的焦味，刺鼻难闻。最后，车轮奋力一蹬，爬出坑洞，车子缓缓驶离。

寒冷的空气从储藏室涌入，洞穴出现了一个大窟窿，透过它可以直望星空。兔子老妈抬头看了看，顿时泪流满面。田鼠一家躲进阿纳尔达斯叔公床底的树枝下。小乔奇、兔子老爸和阿纳尔达斯叔公在敞开的窟窿前挂起几条毛毯——这个窟窿原本正是储藏室的大门。毛毯勉强遮挡了一些寒风，但并不严实。整夜，所有人都没睡好。

第二天早晨，南边的田地呈现一片满目疮痍的景象：遍地都是焦黑的残茬、烧毁的大树、灼伤的灌木。灰色的卵石周围遍布了乌黑的灰烬，一缕缕白烟从灰烬处盘旋而升，乘着严酷的北风飘散四去，落进动物们的洞穴里。雪松和松树根部被烧焦的树枝已经棕黄。天空阴沉而灰白，寒风凛冽。此时正飘着小雪。

石匠路易·肯斯托克前来查看被消防车撞倒的石墙。他和蒂姆·麦格拉斯一同考察眼前这悲凉的景象，两人都穿得严严实实。

“火灾是怎么引起的？”路易问道。

“那个傻瓜管理员，”蒂姆愤怒地回答，“我已经和他说了不下二十遍了，让他不要乱扔烟头，可他就是听不进去。瞧瞧他干的好事！十八棵茁壮的苹果树被毁了。天晓得还毁了多少雪松、

松树和灌木。他还真有能耐！我惊讶他居然还没把那座房子烧了。户主把看家的差事交给土拨鼠都比他强。至少，土拨鼠不抽烟。”

“城市人吧？”路易反感地说，“还带了一只凶恶的猎狗。”

“那只狗没怎么招惹我，”蒂姆咧嘴笑了笑，“他们刚来时，我和那只狗进行了一番理论——我用镐子把儿好好给他上了一堂课。”

“好吧，我得先离开了，”路易说，“这样的天气，什么活也做不了。还来不及搅拌，水泥就已经冻住了。”

“春天到来之前，我在这里也没什么事情可做，”蒂姆也说，“我打算先去镇上找一份工作。”

小乔奇一直在石墙后听着两人的对话，蒂姆的话令他十分沮丧。他并非故意偷听，只是凑巧在石墙边找到一个隐蔽的地方打盹儿。小乔奇赶回兔子洞，把这个消息告诉了大家。他已经厌倦了传递坏消息——近来的不幸已经足够多了——但是必须告知兔子老爸和兔子老妈。

兔子老爸和阿纳尔达斯叔公设法堵住了储藏室倒塌后留下的大窟窿。兔子老妈正在捡拾依旧可用的三叶草——它们仅剩下弥足珍贵的一小部分。田鼠一家已经返回。一路上，他们怀着忧伤的心情摸索前进，绕过田野里焦黑的残茬——这里与平日熟悉的景象大相径庭。

蒂姆·麦格拉斯要离开的消息使兔子老妈落下了眼泪，就连她自己也不明白为什么。“噢，亲爱的，”她哭道，“一切都变了，先是户主们离开了，而后管理员和恶狗来捣乱，又是冰风暴，又是火灾，连食物也没了。现在，蒂姆也要离开——他一直都那么善良，从不打扰我们——我不清楚接下来还会发生什么，我们又该怎么办……”

“呸……”阿纳尔达斯叔公插话，“别再说下去了。麦格拉斯离开对我们毫无影响。他也从没为动物们做过什么。就算他留在这里，他也没本事让雨雪停下来，或者让天气变暖和，但这些才是最重要的。还有食物问题，我们依然无能为力。”

“麦格拉斯先生挺古怪的，”兔子老爸思索着，“起初，当户主刚刚搬来时，麦格拉斯也很反对我们小动物。我记得，他经常建议用陷阱、枪炮、毒药，还有其他可怕的办法来消灭我们小动物。但是，他对我们的态度渐渐变得善良、宽容。事实上，有好几次他都扮演了小动物守护者的角色。也许，户主们慷慨、体贴的言行打动了他。”

“或许是，也或许不是，”阿纳尔达斯叔公抱怨道，“无论如何，我并不信任他。管他在不在这儿，我不在乎。”

第二天上午，田鼠威利出现在兔子洞，面容邋遢，极为悲伤。他被烧焦的草抹黑了脸，湿淋淋的爪子和皮毛沾满了雪，闷闷不乐地抽噎着。

“噢，乔奇，”他哭道，“太糟糕了！所有田鼠都要离开兔子坡了。那场大火烧毁了所有剩余的食物，我们贮藏好的也被烧没了。我的妈妈、爸爸，明妮阿姨、睡鼠叔叔、斯塔克波尔叔叔，还有其他田鼠一起商量了这件事，今晚所有人就要带着家当离开了。”

“去哪儿呢？”小乔奇问道。

“去找十字路口的那个胖子，要穿过布莱克路。他那儿有一块儿大田地。但是我不打算去，乔奇，我想留在小山跟你一起，如果你的家人同意。”说完，威利又开始抽噎。

“当然同意了，威利，”兔子老妈喊道，“天晓得这里会多么孤单，户主们走了，麦格拉斯先生离开了，田鼠们也要搬家了。”

“你愿意和我们一同住在这个简陋的地方，”兔子老爸表示，“我们非常荣幸，威利。我可以向你保证，我们……”

“那你打算吃什么呢？”阿纳尔达斯叔公打断道。

“先生，我在车库里储藏了不少食物，”威利回答，“还有一些藏在花园里，没被烧毁，我能够喂饱自己。”

“你也必须这么做。”阿纳尔达斯叔公冷酷地笑了笑。

太阳刚下山，兔子们便出门探望举家搬迁的田鼠们。夜空呈冷绿色，北风萧萧。烧焦的树丛和草茎沙沙作响，灰烬轻撒在如沙一般干燥的雪地上。

大群衣衫褴褛的“难民”排成长列，浩浩荡荡地走下山坡，翻越石墙，穿过布莱克路。大多数田鼠都背着小包裹，里面装着他们最宝贵的物品。小乔奇被田鼠庞大的数量惊呆了——他从不知道山坡上居住着那么多田鼠。

威利认出了他的家人——他的叔叔、阿姨和表兄妹们。但他们既没有相互挥手，也没有致以道别。因为天气太过寒冷，还因为每个人都忧心忡忡，对于背弃这片山坡，他们也有些羞愧。

山坡上的居民们一直张望，直到最后一个掉队的田鼠翻越石墙，穿过布莱克路，身影消失在黑暗中。他们赶忙返回温暖的兔子洞。兔子老妈和田鼠威利又在一旁默默哭泣。

“如果你们能停止那该死的哭声，”阿纳尔达斯叔公一边说，一边爬上床，“那么其他人也许还能好好睡一觉。”他伸出爪子，举着一个小包裹。“这个给你，威利。我在田野里找到的，肯定是谁落下的。可能是你的斯塔克波尔叔叔，他没怎么长脑筋。”

包裹里有一些干燥的苹果种子。威利不再抽噎了，他嚼着几颗种子，心满意足地走到小乔奇的床铺前。“我绝不会放弃的，”他靠着小乔奇温暖而柔软的后背，困倦地喃喃自语，“不管发生什么，我都会坚守在兔子坡。”

8
逃离兔子坡

田鼠威利的留守，以及他的辛勤和乐观，令所有人为之振奋。威利挖了一条通往车库的地道，来来回回几十次，终于把一点点存留的种子拖回了兔子洞。猎狗身上的臭气依旧在车库里弥漫，但小乔奇丝毫不在意。食物极其匮乏，它的重要性胜过一切。威利还在岩石花园发现了几处遗漏的补给，于是也把它们带了回来。最后，他把所有食物埋在小乔奇的床铺下。食物并不多，但如果省吃俭用，足以维持一阵子。

"我可以勉强过日子，"威利笑着说，"虽然我没法靠它们增添脂肪。"

就食物而言，威利的处境比兔子们乐观得多。兔子老妈从倒塌的储藏室救回的几捆三叶草很快就吃光了。兔子老爸、小乔奇和阿纳尔达斯叔公被迫跋涉到越来越远的地方寻找食物，哪怕是勉强填饱肚子的食物。要穿过深深的积雪把粮草运回家并不容易，好在三人欣然分担了这项重任，但这依旧让他们疲惫不堪。

几乎每天都有兔子们的一些亲朋好友离开兔子坡，搬到没被烧毁的地方，因为那里的食物更加富足。兔子老爸和阿纳尔达斯叔公劝兔子老妈搬去木炭坡，和她的女儿海泽尔一同居住。但兔子老妈并不愿意。

红狐狸顺道和兔子们告别。"我本不想离开，"他心怀歉意地说，"但是我不得不去十字路口的胖子那里，毕竟我得吃饱饭，我很可能在那儿住下了。这里的管理员，自从他们搬进来的那个不幸的日子开始，从没留下任何能吃的东西。"他忧伤地摸索前进，穿过布莱克路。此刻，布莱克路犹如一条深深的沟壑，两旁堆满了被铲开的高高的积雪。

下一个离开的是灰松鼠。"食物不是我们的问题，"松鼠爸爸解释道，“主要是那只烦人的狗。每当有小松鼠爬下树到雪地玩耍，猎狗就跑出来撒野，一边吠叫，一边追赶松鼠。在深深的雪地里，松鼠们非常无助。今天早晨，他差点儿抓到我最小的两个宝贝。总不能一直把松鼠们关在屋里吧，所以我们决定离开了，搬到河对面的橡树林。”

几天之后，松树附近传来一阵巨大的喧嚣，小乔奇和阿纳尔达斯叔公赶忙跑上山坡一探究竟。突然，管理员的猎狗从树下窜出，一瘸一拐地朝房子的方向走去。他的前肩有一条又长又深的伤口，流血不止。

小乔奇和阿纳尔达斯见到了鹿家族，他们都情绪激动。雌鹿和小鹿相拥在一起，战栗不安。公鹿则原地跺脚，怒气冲冲。他喘着粗气，俯下身子，假想敌人就站在面前，作势向他发起攻击，就连他脊背和肩膀上的毛也愤怒地竖立起来。洁白无瑕的积雪被践踏得乌七八糟，零星洒落着几滴鲜血。

“爱好和平的动物们，这座山坡不再安全了，”公鹿对阿纳尔达斯叔公说道，“我的妻子被吓得魂不守舍！那只凶恶的猎狗竟敢如此放肆地攻击我幼小的孩子！要不是他像懦夫一样奔逃，我一定把他踩成肉泥！虽然我很不情愿，但别无选择了——我要立刻离开这里。威士顿路附近有一片铁杉树，我们的朋友和亲戚每年都去那里过冬，我们也要过去了。狗类并不知道那个地方。”

“这不怪你们，”阿纳尔达斯叔公点点头，“要是其他狗，你咬他几口，他一定不会再来多管闲事，可这只狗不长记性，太愚蠢了。过不了几天他又会到处撒野了，甚至更加猖狂。我之前说过这是一个艰难的冬季，我没说错吧？”

其他动物家庭也接二连三离开了小山，有的是因为饥饿，有的是因为害怕那只猎狗。

渐渐地，小乔奇开始感到孤独。兔子老爸和阿纳尔达斯叔公总是出门寻找食物。田鼠威利也整天忙着在积雪下挖地道——这并没有什么缘故，仅仅因为他过去经常这么做，而现在又无事可做。波奇和费威依旧冬眠，他们的洞穴堆满了厚厚的雪。没人知道鼹鼠的下落，他大概在冻土深处的某个地方。

整夜，大房子格外阴森，所有窗户都一片漆黑，只有厨房亮着微弱的灯光。门阶的积雪并未铲除，因为管理员极少外出。他们的猎狗在车库里生着闷气。蒂姆·麦格拉斯已经离去。小乔奇很想念他，也同样想念户主们。

一天夜晚，太阳刚刚下山，蒂姆·麦格拉斯的车沿着白雪皑皑的马路缓缓驶来。见到此景，小乔奇自然是欣喜若狂。他一边激动地手舞足蹈，一边透过门缝聚精会神地望着蒂姆在工具房里忙东忙西。屋内，晒干的三叶草散发着甜美诱人的香气，令小乔奇无比陶醉。

蒂姆怀抱一大把干草，摇摇晃晃地走出门。他抱着干草走上小山，来到圣·弗朗西斯雕像边。雕像被粗麻袋裹着，半个身子埋在雪中，直挺挺地竖立，背靠一片深色的松树。他带来了足足三叉子的干草，把它们堆叠在一起。干草的香甜气息弥漫在平静而清爽的空气里。

越来越多的食物被带来，装在许多平坦的柳条篮子里：有一篮子谷粒、一篮子坚果、几块沾满种子的板油、一块盐，还有香气扑鼻的红苹果、酥脆的胡萝卜、新鲜的生菜叶。蒂姆还从车里拿来一大堆肉骨头——排骨、牛排骨、火鸡架。积雪中有一片低洼之地，展现出池塘的轮廓。蒂姆围着水塘把所有食物整齐摆放。

之后，蒂姆关上工具房的大门，用靴子踢开积雪，返回他的车内。他沉默片刻，面带微笑地看着小乔奇脚踏青色的雪奔向兔子洞。不一会儿，他见到四只饥肠辘辘的兔子跑出兔子洞，奔上小山，后面还跟着田鼠威利的小身影。蒂姆一边敲敲烟斗，一边启动了马达。于是，汽车摇摇晃晃地驶向远处。

一段时间内，小动物们一语不发，无不埋头狼吞虎咽。终于，兔子老妈发出了开心的感叹并呼唤道："亲爱的乔奇，你吃饱后，请跑回兔子洞，提一些篮子过来。我们必须带一些食物回家。"小乔奇欣然答应。也许，起身走几步能让他圆滚滚的肚子稍作休息，以便吃得更多。

小乔奇提着空篮子，迈着沉重的步伐走上山坡。他停顿片刻，理顺了呼吸，向四周张望。空气寒冷，但格外宁静，他仿佛听到田鼠威利叽叽喳喳嗑着种子。半个月亮高高挂在夜空，闪闪发亮的星星似乎触手可及。东方悬挂着一颗耀眼的星星，好似一颗巨大的猫眼宝石。村落的窗户亮着温暖的灯火，山谷里星星点点。

紧接着，小乔奇发现了一件他未曾注意到的事情。每户房子的边上都闪烁着一小簇彩色的灯光。

"哦，天哪，"小乔奇豁然开朗，"今晚是平安夜！"

小乔奇赶忙跑向小山。突然，从遥远的村庄传来了教堂的钟声，如此清亮、如此空灵，在银装素裹的山坡上悠扬回荡，传递着古老的祝福。

"圣诞快乐！"小乔奇见到其他人，满脸喜悦地说道，"老妈，圣诞快乐！老爸，阿纳尔达斯叔公，圣诞快乐！"

"祝大家圣诞快乐。"田鼠威利一边祝福，一边忙着享用美食。

"圣诞快乐！"又一个声音传来，只见红狐狸站在一旁，毛茸茸的尾巴愉快地摇摆着。

一个高大的身影加入了人群："圣诞快乐！"公鹿、雌鹿和小鹿也走了过来，迫不及待把脸埋进干草堆里。白雪覆盖的田地里，蹦蹦跳跳的兔子们从四面八方兴冲冲赶来。田鼠们也穿过布莱克路，向兔子坡涌来，他们的长队犹如一条黑色的丝带。

阿纳尔达斯叔公短暂地停住嘴，露出了讽刺的笑容。"难道有人给村里的每个流浪汉发请帖了吗？"他大声说道，"我还以为这些食物是留给兔子坡本地居民的。"

"嘘，阿纳尔达斯叔公，"兔子老妈赶忙打断，"现在是圣诞节，每个人都可以来分享。"

红狐狸正在啃第三根肉骨头，他遗憾地说：“可惜费威不在这里。他一定很爱吃这些肉粒。”

“谁说我不在呢？”一个黑白相间的身影从松树下走出。他有些消瘦，因为刚刚从睡眠中醒来，所以走路时摇摇晃晃，但却精神振奋。

“我从来不会错过圣诞节，不是吗？”费威边说边捡起一大块牛排骨。

很长一段时间，四周一片寂静，只听见有规律的咀嚼声，以及心满意足的咕噜声和叹气声。远处的教堂钟声无比清脆，奏响着圣诞颂歌。

“‘愿主赐予你们快乐’，”兔子老爸哼唱着，尽管有些跑调，“这是蓝草乡最受喜爱的圣诞赞歌，‘愿你们没有悲伤’。我请诸位举杯，敬我们善良的户主们，祝愿他们平安无事，早日回归。干杯！”

“我要敬蒂姆·麦格拉斯，”阿纳尔达斯叔公插话道，“他没有去蓝草乡，没有离开我们、抛弃我们，干杯！”

于是，动物们纷纷向户主和蒂姆·麦格拉斯表示谢意。小乔奇兴高采烈地尖叫着，声音比以往更加欢腾。

每个人都吃饱喝足，每个篮子都装满食物。动物们围在一起，相互道别，相互祝福。接着，他们又回到了各自的新家园。和众多朋友和亲戚分别后，兔子老妈掉了几滴眼泪，田鼠威利也有些抽泣。不过，望着手里沉甸甸的篮子，想到里头的美味佳肴，他们又振奋起来。

“明天早晨的第一件事，阿纳尔达斯叔公，”兔子老妈兴奋地规划道，“你和兔子老爸还有小乔奇，必须把剩余的每一株干草带回来，每个碎叶也不放过，它们大多都是美味的三叶草。储藏室没了，天晓得我们要把干草存放在哪里，不过我们会想出办法的。威利，你也必须把所有种子带回来，冬天还很漫长呢。”

“毕竟是圣诞节，这可是最无聊的过节方式了。”兔子老爸说。

“我想不到比这更好的方式了，”阿纳尔达斯叔公回答道，“也许在蓝草乡，人们不是这样过节的，但你现在并不在那里。你被困在大雪里，哪儿也去不成。”

其他动物纷纷返回巢穴，但阿纳尔达斯叔公和小乔奇决定在外逗留一会儿，欣赏周围的景象。山谷里大多数灯火已经熄灭，但夜空中的星星比平时更加耀眼。东边那颗如宝石般的星星散发夺目的光芒，如月亮一样明亮。

村庄的钟声已经停歇。四周万籁俱寂，偶尔传来山坡上树枝折断的吱呀声，以及小河里浮冰的碰撞声。

“阿纳尔达斯叔公，”小乔奇询问道，“其他动物是怎么知道今晚是平安夜的呢？”

“至于他们是怎么知道的，”阿纳尔达斯叔公答道，“这并没有原因，小乔奇，他们骨子里就是知道。圣诞节来临时，动物们总是心知肚明。”

9
土拨鼠日

圣诞节一整天，兔子老爸、小乔奇和阿纳尔达斯叔公在严寒中辛勤忙碌，把干草运回兔子洞。兔子老妈想方设法地存放干草，有的置于床和桌子的底部，有的放在墙角边，凳子上方和下方也都堆满了，直到屋子几乎没有了走动的空间，也找不到可以坐下的地方。当最后一叠干草存放完毕，兔子老爸望着自己的劳动成果，扬扬自得。

“这一天过得太值了，阿纳尔达斯叔公，”兔子老爸说，“这些足以支撑我们度过余下的冬天，除非又遭遇什么意料之外的困难。”

“哪门子余下的冬天，”阿纳尔达斯叔公反驳，“仅凭这些，我们根本没法撑过一月，记住我的话吧！冬天才刚刚开始呢。”

阿纳尔达斯叔公的话似乎应验了——冬天迫切想要证明什么才是名副其实的“艰难”。接下来的日子，暴风雪接踵而至。积雪之深厚，就连阿纳尔达斯叔公也没见识过。从北方和东方刮来的寒风无休无止，凛冽而刺骨。时而还下起冻雨，一连几天都是冰冻三尺。

这段日子里，田鼠威利是唯一可以外出的动物。他挖了一条地道，直通石墙，并奋力从石头缝隙里爬出地面。然而，威利的眼前除了白茫茫的景象，什么也没有。他汇报说，冰雪掩盖了一切。大多数篱笆、围墙和树丛都深埋在雪下。山坡上没有任何动物出没，即使是山雀和灯芯草雀也不再光顾那片被火烧过的贫瘠田地。在大房子那儿，大雪已经没过了窗台，大半个正门也埋在雪里。可以看出，管理员和他的猎狗从未出门。一切是那么荒凉，那么阴沉，也那么寒冷。

至于其他动物，就算他们能够出门，出门也并无太大意义。即使是在没有被火烧过的田地，大雪也把一切能够食用的东西掩埋了。他们可以外出啃树皮，但这么做并不值得，因为它们的耳朵和脚趾难以避免冰天雪地的折磨。他们不得不完全依靠圣诞大餐遗留下来的食物过日子，但余量也正在告急。这么看来，阿纳尔达斯叔公又一次说对了，他们根本无法撑过一月份。

兔子老爸正节俭地享用干草晚餐。他担忧道："二月二日是土拨鼠日——我们向来对这一天满怀期待。但是我怀疑土拨鼠今年究竟会不会醒来。如果波奇从冬眠中醒来，并且地上没出现他的影子（这也是我们翘首以盼的），那么可以有把握地断言冬天过去了，我们的麻烦也终于结束了。不幸的是，如果阳光充足，投下了波奇的身影，那么接下来的六周我们还要饱受糟糕的天气，正如我们从感恩节以来就一直遭遇的那样。如果真是如此，由于我们的食物即将消耗殆尽，我们必须孤注一掷，挽救我们的困境。"

"如果你把希望寄托在土拨鼠日，"阿纳尔达斯叔公说，"你还是趁早断了这个念头吧。这注定是一个艰难的冬季、严酷的冬季，土拨鼠日不会有任何好消息，其他日子也不会有。即使有好消息，蒂姆·麦格拉斯也不会回来，户主们也不会回来，因为他们也没准备好回来。他们还在那该死的蓝草乡，懒洋洋地享受生活，直到我们都饿死或冻死，反正他们也不在乎。"

"阿纳尔达斯叔公，我会继续抱以乐观的态度，"兔子老爸坚持着说，“我也不想听到你用如此刻薄的话语去评价我们的户主。”

“不管你喜不喜欢，对我来说都一样，”阿纳尔达斯叔公回答，“事实就是如此。”说完，他盖上毯子，很快便呼呼大睡。

田鼠威利依靠在小乔奇的背上。“乔奇，”他问道，“你能不能吃一点儿我的种子？我这儿还有很多种子，我不愿意看到你和你的家人一天天变瘦，而我却一天天变胖。你尝尝吧，乔奇？”

“不必了，谢谢你，威利。我不喜欢吃种子，我的牙齿也啃不动种子。而且，我一顿就能把你的所有存货吃光。你不必担心，我们会想办法活下去的。”

威利沉默了片刻，又说道：“乔奇，你认为阿纳尔达斯叔公说得对吗？他认为太阳会在土拨鼠日投下影子，户主们会一直留在蓝草乡，直到我们都饿死。”

“我并不这么认为，”小乔奇充满睡意地叹了一口气，“无论如何，我们很快就知道答案了。别再抽泣了，赶紧睡觉吧，要不你会吵醒阿纳尔达斯叔公的。”

“我尽力，乔奇。我真心希望自己做些什么来帮助你们。”

“如果你真想帮我，”小乔奇说，“那就赶快去睡觉吧。”

漫长的一月份，随着日子一天天过去，兔子洞的干草快要吃光了，尽管每个人都尽可能地省吃俭用。兔子们日渐消瘦——只有阿纳尔达斯叔公是例外。他一直瘦骨嶙峋，已经无法更瘦了。由于他们经常长时间被冰雪困在家中，小乔奇已经搞不清时间了。他不知道某天是周一或是周五，屋外是夜晚或是白天，他也不怎么在乎。田鼠威利常常不辞辛苦地挖地道，并及时向其他人汇报天气。但他的汇报千篇一律，因为屋外总是坏天气——唯一的不同在于，偶尔会出现更糟糕的天气。

有一天晚上，兔子老爸宣布第二天将是土拨鼠日。听到这个消息，小乔奇既惊讶又兴奋。就连阿纳尔达斯叔公也颇有兴趣。他在床底下摸索着，从他的私人存货取中出了几根细枝条来招待大家。这些枝条现在颇为珍贵，因为当天上午，大家已经把最后一份干草吃光了。

往年，土拨鼠日是一个相当隆重的日子。所有兔子坡的小动物都聚集在一起，满怀期望和喜悦注视着波奇的洞穴。当波奇出现，大家向他热情问候，评价他的体形变化，当然，还会观察他是否投下了阴影。但这番景象仅限于往常的年份，因为每个动物都不愁吃喝，即使冬天延续六周左右，对任何人也不会有太大影响。

但是今年，在这个艰难的冬季里，情况截然不同。今年不再有盛大的聚会，唯有四只兔子和田鼠威利到场，少了许多乐趣和欢闹。兔子老爸也不再像以往那样发表讲话。究竟有没有阳光，这才是最要紧的问题。

第二天早晨，阿纳尔达斯叔公照常第一个起床。由于暴风雪已经一连数日没来光顾，阿纳尔达斯叔公推开门，连踢带撞，在雪里开辟出一条道路。

“看起来挺乐观的，”他一边汇报，一边急匆匆啃着树皮，这是一顿寒酸的早饭，“天气昏暗，多云——似乎随时都会下雪。”

他们来到玫瑰园的墙角下，不费力气地找到了波奇的洞穴。他们把自己安顿好，便开始了漫长的等待。兔子老妈和小乔奇相拥在一起，田鼠威利把半个身子塞进小乔奇的前爪和下巴之间，兔子老爸和阿纳尔达斯叔公则在一旁来回踱步，焦躁不安。天空更加阴暗，东北风也更加潮湿和刺骨——毫无疑问，这是下雪的征兆。

他们等候了整个上午，时间每过一分一秒，他们就感到愈发寒冷。然而，波奇的身影依旧没有出现。

到了正午，红狐狸加入了等候波奇的队伍。

“波奇还在赖床呢？”狐狸开心地说，“天气似乎对我们有利。就算是一头大象也无法留下影子。”

“今天还没结束呢，”阿纳尔达斯叔公斜视着天空，喃喃自语，“假象，记住我的话，这必定是假象。希望那只小胖子赶紧出门，把事情办了。”说完，他继续焦急踱步。

“有没有可能是你老爸把时间记错了？”威利轻声问道。

“不会的，”小乔奇回答，“在日期方面，老爸准不会错。”但是，小乔奇开始担心波奇不会出来了。

突然，地上的积雪开始松动，向上隆起。随着一阵更大幅度的晃动，头发花白的老波奇出现在众人面前。他不停地眨眼、喘气，在雪地踉踉跄跄，来回走动。

“好了吧，”他咕哝道，“地上完全没有影子，看来我带来了好消息。大伙儿都去哪儿了？今天本应该是一场盛会。”

于是，兔子老爸开始不厌其详地解释来龙去脉，说起了冰风暴、大火、断粮、动物大搬迁、暴雪、严寒等。

“你们看起来都消瘦了许多。”波奇把身体清理干净，说道。

“你自己也不胖嘛，”阿纳尔达斯叔公一边插话，一边观望云朵，心急如焚。此时北方的天边已露出一片亮光。“波奇，你不该回到屋里吗？在外头可能会着凉的，尤其是离开了温暖的床铺。”

然而，波奇似乎正享受着新鲜的空气和久违的陪伴，无意离去。兔子老爸也难得有机会同家人以外的动物聊天，此刻正说得热火朝天。

阿纳尔达斯叔公急得蹦蹦跳跳。“废话连篇。”他自言自语。于是，他拉了拉兔子老妈的一条腿，近乎恳求地说，“能不能让他们赶快停嘴，他们已经叽叽喳喳很长时间了，而天空越来越亮了！赶紧想办法让波奇回到洞里！编个理由，或是做些什么吧！”

兔子老妈想方设法吸引兔子老爸的注意，小乔奇千方百计阻止这段对话，田鼠威利也在一旁激动呐喊。然而，兔子老爸正聊得起劲，滔滔不绝讲述着蓝草乡的冬天。除非发生天大的灾难，什么都无法打断他。

不料，灾难说来就来。

这时，天空的亮光正照在他们头顶上方，并渐渐蔓延。突然，云朵犹如一块巨大的幕布缓缓揭开，蔚蓝的天空一览无遗，灿烂的阳光洒向大地。明亮的雪地上显现出所有动物的影子！

波奇揉揉双眼，接着眯起眼睛观察刺眼的光芒。兔子老爸也停下了没完没了的对话，他凝视四周，惊讶不已。“我的天哪，”他感慨，“太阳似乎出来了，多么不幸呀！阿纳尔达斯叔公，你注意到了吗？”

阿纳尔达斯叔公在一旁暴跳如雷。“注意到了吗？”他喊道，“我怎么会没注意到！早在半个小时之前，我们就想尽办法想堵上你的嘴！你现在居然问我有没有注意到？就连笨蛋都看得见。你刚才在做什么？一直叽叽喳喳！那只肥头大耳的挖地工，他刚才又做了什么？他什么都没做！既然走出洞穴，没见着影子，那么他为什么不赶紧回自己的老窝？他待在这里做什么呢？你们都不懂得适可而止，反而一唱一和，没完没了。现在，瞧瞧你们干的好事！到处都是影子！再忍六周吧！”

阿纳尔达斯叔公带着愤怒和失望，顿足走回了兔子洞，两只耳朵颤颤发抖。

10
饥 饿

兔子洞里，这个夜晚并不愉快。

阿纳尔达斯叔公一言不发，默默向除兔子老爸以外的所有人分发枝条当作食物，而枝条的存量正在迅速削减。他依旧满腔怒火，不声不响地啃咬一条细枝，爬上床铺，盖上毛毯，呼呼大睡起来。

沉闷了许久，兔子老爸终于向兔子老妈开口。“亲爱的，虽然我十分不舍，”他说道，“恐怕你不得不离开兔子坡，临时搬去和我们的女儿海泽尔一起居住。木炭坡的食物状况必定比我们要乐观，我相信你会受到欢迎的。我会送你过去，明天吃完早餐就立刻出发。确切地说，是你吃早餐之后。显然我不会得到早餐了。”

兔子老妈当然会反对。她满脸泪水，坚持让所有人一同搬到木炭坡，但兔子老爸坚定地拒绝了她。“不，亲爱的，”兔子老爸说，“我待在这里是最理想的选择，我不会给我们的女儿增添更多负担。阿纳尔达斯叔公、乔奇和我肯定能够自力更生，田鼠威利也不愁食物。我已经下定了决心。”

终于兔子老妈还是放弃了反抗，上床休息去了。她忧心忡忡，眼含泪花地度过了一整夜。田鼠威利也抽噎了许久。两人的哭泣声，加之阿纳尔达斯叔公的打鼾声，闹得小乔奇难以入眠。

早餐时分，阿纳尔达斯叔公的怒气有所缓和。他给兔子老爸分了一些宝贵的细枝条。“有很长一段路要走，”他简短地说，“还是填饱肚子为好，虽然这些不是蓝草。”

“感谢你，阿纳尔达斯叔公，”兔子老爸礼貌地回答，接受了这份赏赐，“幸好天气并不太糟糕，天黑之前我们就可以走完路程。我会在那里过夜，明天夜晚之前返回。”

“不必着急，跟我没关系。”阿纳尔达斯叔公尖酸地说道。

兔子老妈把一些物品打包好，放在篮子里，兔子老爸提着篮子。她向其他人道别，禁不住又落下眼泪。

“一定照顾好你们自己，”兔子老妈叮嘱，“尽量别把屋子弄得太乱——你们男人总是粗心大意，不过家里没有食物，没法下厨，所以也没什么可以弄乱的——威利，你务必多多留心，如果我在路上遇到你的家人，我会代你向他们问好……”她一边唠叨，一边和兔子老爸穿过布莱克路，爬上积雪覆盖的另一侧马路牙子，开始了通往山谷的旅程。

兔子老妈和兔子老爸离开后，小乔奇感到无比孤单，也感到无比饥饿。于是，他跑到户主们的玫瑰园，找到了几株还没完全被大雪覆盖的树丛。他啃了几条细枝，发现它们比阿纳尔达斯叔公的细枝更加软嫩，也更有滋味。

那么问题来了：为报答户主的善良和慷慨，动物们同意不再侵犯户主的花园。此刻，小乔奇身处一个不该来的地方。另一方面，小乔奇心想，反正蒂姆·麦格拉斯每逢春季总会修剪玫瑰的枝叶，所以吃掉它们也算是为修剪工作出一份力。而且，小乔奇已经饥饿难耐。再激烈的思想斗争，也抵不过饥饿的冲动。于是，小乔奇饱餐一顿，还折下一些细嫩的枝条，把它们带回兔子洞交给阿纳尔达斯叔公。

对于进犯户主花园这件事，阿纳尔达斯叔公也丝毫不觉得亏欠。“呸！小乔奇，”他惊呼，“这当然没有什么不对。早该想到这个主意。户主们去那可恶的蓝草乡过冬，留下我们自立谋生，不是吗？那好，我们就自立谋生。我们要在你老爸回家之前，尽可能把所有枝条采集回来并存放好，免得他念叨什么‘南方绅士’‘神圣诺言’之类的废话。”

于是，他们花了整个下午和第二天的大部分时间，到玫瑰园里剪下玫瑰的枝叶，并把它们藏到床底。大功告成后，小乔奇遵照兔子老妈的意愿，把地板擦干净，把屋子收拾整齐。现在，他不再感觉那么孤单和沮丧了——他现在十分欢喜。阿纳尔达斯叔公也消了怒气，准备熬过接下来的六周。

傍晚，屋外大雪纷飞，狂风呼啸。随着黑夜降临，田鼠威利和小乔奇开始为兔子老爸担心。阿纳尔达斯叔公安慰道：“乔奇，你的老爸虽然总喜欢夸夸其谈，但他绝对有能力照顾好自己——没人比他做得更好。不必担心，他很快就会回来。”

事实的确如此——没过多久，兔子老爸就踉踉跄跄地走进屋子。他并无大碍，只是精疲力竭。他的脸上和耳朵沾上了雪，爪子被冻得僵硬。他的篮子里装着几捆三叶草，这是他女儿给的礼物。他把三叶草分发给大家，并接过了几条玫瑰枝。兔子老爸迫切地把枝叶塞进嘴里咀嚼起来，并没过问它们的来源，这让小乔奇如释重负。

“至于木炭坡的食物，”兔老爸啃完枝条，晾干身子，汇报道，“虽然形势也不太好，但比我们强多了。毕竟，他们没遭遇大火，以及随之而来的种种困难。海泽尔的储藏室依旧很充足。如果你们中有一个或两个有意过去，她会很欢迎的。”

“我才不当逃兵。”阿纳尔达斯叔公打断道。

“我也要留在这里。”小乔奇坚定不移地说。

“太好了，”兔子老爸接着说，“这正是我期待的回答。我们三个人齐心协力，渡过难关。”

“是四个，”田鼠威利尖锐的声音从角落传来，“我还在

这儿呢。”

“你是一个勇敢的家伙，威利，”兔子老爸赞叹道，“我刚才把你遗漏了，请见谅。‘不论风雨、不论冰雹、不论大雪、不论黑暗，我们都……’后边半句我记不得了。总之，不论如何我们都坚守于此！”

听完，田鼠威利和小乔奇报以欢呼雀跃，而阿纳尔达斯叔公已经睡着了。

暴风雪又持续了数日，他们所剩无几的玫瑰枝也迅速吃完了。田鼠威利频繁爬上石墙顶部的观测点，并带回暴风雪的情报。石墙也终究躲不过大雪，于是田鼠威利也无法外出了。

当天空放晴，兔子老爸和阿纳尔达斯叔公千方百计地从雪中开辟出一条通道，来到地面。然而，他们的努力并不值得。一切可以当作食物的，都被埋在雪里。他们花费几个小时的时间，才采集到足够的树皮和枝条，勉强凑成寒碜的一顿饭。现在，储备食物已经很不现实。小乔奇不明白，如果他们再次被大雪围困，会有什么样的后果。

自兔子老妈离开后，阿纳尔达斯叔公的举止似乎有些古怪。随着时间的推移，这一点愈发明显。他总是长时间在壁炉的角落里，叼着空烟斗，念念有词，嘴里时常蹦出几句奇怪的

话语，说出几个莫名其妙、毫无意义的问题。

一天夜晚，他突然问道："从这里到蓝草乡，距离多远？"

"很远，阿纳尔达斯叔公，非常非常远，"兔子老爸回答，"我说不清具体有多少英里。"

"比去韦斯顿路还要远吗？"

"是的，远多了。"

"那么和去丹伯里路相比呢？"

"恐怕比那儿更远，阿纳尔达斯叔公。"

老兔子又陷入了沉默，开始自言自语。

"为什么不去喊户主们回家？"终于，他脱口而出。

"不可能，"兔子老爸回应道，"这根本不可能。再说，兔子坡才是我应该待的地方。"

阿纳尔达斯叔公瞪着他："如果我有一个妻子、一个年幼的孩子和一个年迈的叔公，如果他们就快饿死了，我一定会去喊他们回来。"说完，他又转头盯着墙壁，不时喃喃自语，

“哼，不可能！哼，应该待的地方。”

第二天夜晚，阿纳尔达斯叔公又开口问道：“蓝草乡在哪个方向，在南边，对吗？”

“阿纳尔达斯叔公，它大约位于南边，”兔子老爸回答，“准确地说，是南边，又有点儿偏西。”

“这条布莱克路是通往西南方向的，对吗？如果我顺着这条路走，能不能到达那里？”

“它大约朝那个方向，”兔子老爸微笑着说，“但无疑会遇到很多其他的道路和岔路。你为什么问这些？”

“我自有原因，”阿纳尔达斯叔公狡猾地窃笑，接着他又盯着壁炉自言自语，“嗯，岔路，岔路……”

第三天夜晚，他又问道，“如果一个人要去蓝草乡，他如何知道自己已经到达目的地了呢？”

兔子老爸的眼神流露出了憧憬，每当谈起故乡，他总是心驰神往。“首先，那个地方得名于一种草，”兔子老爸开始滔滔不绝，“一种美味、厚实、苍翠的草，具有明显的蓝绿色。”

“冬天也是如此？”阿纳尔达斯叔公打断道。

“并不是——冬天不是这样的，”兔子老爸承认，“冬天，它也可能被大雪覆盖，只不过那里的大雪更加轻柔，持续时间也更短。那是一片广袤的土地，处处是繁茂的牧场，被整齐的白色栅栏所包围，牧场里的家畜形态各异，怡然自得。那里有最健硕的骏马、最诱人的食物、最漂亮的美人——”

“先别管什么骏马和美人了，”阿纳尔达斯叔公打断他，又转过头盯着壁炉，偶尔自语道，“蓝绿色，蓝绿色……”或者“很多家畜，很多家畜……”抑或“白色栅栏，白色栅栏……”

“你不觉得阿纳尔达斯叔公最近很古怪吗？”睡前，威利轻声问道。

“的确，”小乔奇同意道，“我猜他只不过是年纪大了，加上劳累和饥饿。春天到来时，他会好过来的，不会太久了。”

“也许用不了多久，我们都会饿……饿死的。”威利叹息道。

次日早晨，小乔奇起床后，并没看见阿纳尔达斯叔公。屋外严寒刺骨，大雪纷飞。即使他留下任何脚印，现在也早已被大雪覆盖了。小乔奇赶忙摇醒老爸，告诉他这个消息，可兔子老爸并不感到意外。

“阿纳尔达斯叔公总是起得很早，”兔子老爸说道，“他一定是出去寻找早餐了，很快便会回来，不必担心。”

但过了中午，阿纳尔达斯叔公仍然没有回家，兔子老爸也开始担心了。于是，他和小乔奇冒着暴风雪，找遍兔子坡的每一寸土地。他们仔细搜索了玫瑰园，以及其他阿纳尔达斯叔公常去觅食的地方，却没发现任何踪迹。直到夜晚，他们终于放弃了搜寻，拖着疲惫而寒冷的身体返回兔子洞。屋里只有田鼠威利一个人流泪的身影，依旧未见阿纳尔达斯叔公。

11
阿纳尔达斯叔公的旅程

阿纳尔达斯叔公离开兔子洞时，天空尚未下雪。但还没等他走远，寒风便呼啸而起，大雪纷飞而下。“这算不了什么，”他一边自言自语，一边向布莱克路走去，“马上就要到温暖的地方了，只要沿着布莱克路向西南方向走下去。”

然而，沿路而行也并不轻松。冬天，扫雪车把雪清扫到两侧的路堤，严寒和冰风暴把这些积雪变成了一座座崎岖不平的小山脉。此外，地面也异常湿滑，危险莫测。路旁遍布着刚刚飘落的雪花，它们轻柔蓬松，因而难以铲除。

阿纳尔达斯叔公冒着盘旋飘零的雪花，时而在冰冷的“山脊”间滑行、攀爬，时而在刚刚降落的雪上踉踉跄跄。有一次，阿纳尔达斯叔公失足跌入马路，一辆汽车疾驰驶来，他惊恐地蜷缩身子靠在路边，哐当作响的铁链与他擦肩而过。扬起的砂石和积雪遮蔽了他的双眼，尾气浓烟也令他窒息。他挣扎着爬上堆满积雪的路堤，浑身颤抖，心有余悸，虚弱不堪。

阿纳尔达斯叔公想：“我得给我的胃添些东西。”于是他环顾四周，努力寻找任何可以食用的东西。幸好，一丛细嫩的柳枝映入眼帘，他既可以在此休憩，也可把它当作早饭。然而，他填饱肚子后，密密麻麻的雪花挡住了视线，他绕了好几圈才重新找到布莱克路。“必须紧跟这条路走，”他心想，“有太多岔路，岔路……”

几个小时过去了，阿纳尔达斯叔公迈着沉重的步伐奋力前行。大风把雪花吹进他的皮毛，他的耳朵冻得僵硬，双脚沾满了冰雪，浑身已经失去了知觉。“一定是越来越近了，”他默念道，“现在没那么冷了。”在转弯处，他绕过一个墓园，继续蹒跚向前。

突然，他停下脚步，年老的鼻子兴奋地抽动着。空气中飘来一阵独特的气息——这是干草的芬芳。“蓝草！”他惊呼道，“这可骗不了我！一定是蓝草，蓝绿色，蓝绿色……”

他摇摇头，拍走眼睛周围的雪花，凝视四周。他辨认出马路对面有一排整齐的白色栅栏。接着，他透过纷飞的雪花，望见一个昏暗的轮廓，那是一座小谷仓。“就是这儿了！”阿纳尔达斯叔公开心地大喊，“整齐的白色栅栏、牧场，应有尽有。”

他迫不及待地跳下路堤、冲入马路，全然忘记了车流的危险。突然一辆汽车奔驰而过，扬起一阵风，把他拍倒在马路牙子上。他跌跌撞撞想要再次尝试。这时又一辆向北行驶的汽车轰鸣而来——司机猛然刹车，车子摇摇晃晃向另一侧路堤滑去，好在他及时纠正了方向，车子继续朝前驶去。然而，汽车掀起一块结冰的雪团，正中阿纳尔达斯叔公的肋骨，将他击伤在地。很长一段时间，他无助地躺在危险的马路上。他不顾一切站起身子，奋力爬上马路牙子。

他消瘦的肋部已经肿起，因而不得不休息片刻，才能继续挣扎前进。幸运的是，谷仓的大门并未关严，而是敞开一个缝隙。这个缝隙虽然极小无比，但足以容纳他那瘦骨嶙峋的身躯。

昏暗的谷仓不失为一个好去处——这里不仅可以躲避狂风暴雪，更飘散着浓郁的干草香味。阿纳尔达斯叔公躺了许久，一动不动，只有鼻子在急促抽动。现在，他能够分辨出另一种气味，这是温暖而芬芳的奶香。“家畜，”他自言自语道，“怡然自得、形态各异的家畜！”于是，他鼓足最后一丝力气，跌跌撞撞走向一座半开的大门。推开门，摇摇晃晃走下一个台阶——这里是奶牛的谷仓。一只温顺的泽西老奶牛向他投来好奇的目光，目不转睛地俯视他。接着，她又继续慢条斯理地咀嚼着食物。

谷仓内格外暖和，所有窗户都蒙上了雾气，屋外瑟瑟的寒风似乎相隔甚远，听起来绵软无力。阿纳尔达斯叔公感到耳朵和皮毛上的积雪渐渐融化。此刻，他冻僵的双脚正站立在一滩雪水里。他拖着身子走到一摞干草旁，嚼了几株，但疲惫不堪的他已经无力继续享用大餐——用餐并不着急，现在最要紧的事，莫过于好好睡上一觉。

他一边闭上双眼，一边轻声自语：“这里一定就是蓝草乡，果真名不虚传。户主们来这儿过冬也无可厚非。真是一段漫长而艰难的旅程，不过——我——成功了——”

那天夜晚，当蒂姆·麦格拉斯结束了他在城镇里的工作回家时，他的妻子对他说，“谷仓里有一只又老又瘦的兔子，一定是来这里躲避狂风暴雪。看起来饿得半死，可怜兮兮的。”

蒂姆提上灯笼，两人一起前去查看。阿纳尔达斯叔公睁开一只眼，看了看亮光，接着继续睡觉。

“我的天哪！”蒂姆惊叫，“这正是小山上那只年老的垂耳兔。这只兔子来这里做什么？他走了差不多有半英里。”

第二天，正当兔子老爸和小乔奇准备继续他们的搜寻工作，田鼠威利开口说道：“阿纳尔达斯先生之前总是问及许多关于蓝草乡的问题，比如，那里有多远、怎么过去等。你们有没有想过，他可能试图到那儿把户主们喊回来？”

“威利，这是十分巧妙的推理，”兔子老爸回应道，“我之前有相同的想法。因为他上年纪了，在这个不幸的冬天又遭遇了那么多令人苦恼的曲折和困难，他的想法势必和以往不同。他很可能抱有这样的幻想，所以我们的首要任务就是沿着布莱克路朝西南方向寻找。”

暴风雪已在前天夜里画下了休止符。第二天上午，天空晴朗，阳光明媚，尽管依旧寒冷。兔子老爸和小乔奇沿布莱克路两侧搜寻，他们走到蒂姆·麦格拉斯家一英里以外的地方，却仍未找到阿纳尔达斯叔公的身影。目光敏锐的兔子老爸一度发现了被阿纳尔达斯叔公咀嚼过的柳条，但这也有可能是任何一只兔子留下的痕迹。

他们大约在中午时分返回了兔子洞。田鼠威利告诉他们，红狐狸刚才曾短暂来访。“我把阿纳尔达斯叔公失踪的消息一五一十告诉了他，”威利说道，“他认为，也许阿纳尔达斯叔公试图回他位于丹伯里路附近的故乡。红狐狸答应到韦斯顿路附近搜寻，他也会叫红鹿帮忙寻找。”

“好样的，威利，”兔子老爸称赞道，“乔奇，我必须立刻通知妈妈。”说完，他赶忙前往木炭坡。

下午的剩余时间，小乔奇继续在小山附近寻找阿纳尔达斯叔公。傍晚，红狐狸汇报说他最远到达了韦斯顿一带，但无功而返。他已经把消息告诉了红鹿，红鹿答应在丹伯里路展开搜索。然而，对于能否最终找到阿纳尔达斯叔公，狐狸表示怀疑。

“那一带的积雪更加深厚，”他沮丧地说，“我怀疑他究竟有没有到达双子桥。我在韦斯顿附近询问了一些好友和亲戚，他们都没见到阿纳尔达斯叔公的踪迹。虽然他是一个坏脾气的老家伙，但我们一定会想念他的。”

听完这番话，田鼠威利开始抽泣落泪，而小乔奇也忧伤不已。

兔子老爸直到深夜才返回家里。他看起来精疲力竭，一声不响地爬上了床。兔子老爸向来极少沉默寡言，所以小乔奇感到万分焦虑。

第二天早晨，他们又一次沿布莱克路搜索。由于当时风雪交加，他们经过蒂姆·麦格拉斯的家之后，便无法继续前行。此时，调头回家也变得十分艰难。兔子老爸似乎虚弱不堪，一路上总是磕磕绊绊。有一次，他甚至跌倒了，小乔奇只好把他搀扶起来。

当他们回到兔子洞，兔子老爸缓缓爬上床就睡着了。当晚，他的睡眠断断续续，还不停咳嗽和发抖。他时而感到闷热，于是踢开毛毯；时而又哆哆嗦嗦，床铺也随之晃动。小乔奇十分担心，因为之前他从未见过兔子老爸身体不适，而这一次，兔子老爸显然病得不轻。

目前为止，这个冬季已经足够倒霉了，现在，它简直变成一场噩梦。之后几天，小乔奇冒着大雪、寒冷和狂风，奋力在外寻找食物，把它们带回家中，但兔子老爸只吃了一点点。好几个漫长的夜晚，乔奇和田鼠威利的耳边回响着兔子老爸痛苦的咳嗽声和沉重的喘息声，因而难以入睡。小乔奇十分感激威利的陪伴，这对他来说是极大的安慰，但威利帮不上什么忙，除了经常清扫兔子洞。

小乔奇的第一个念头是把兔子老妈喊回来，但他不敢离开兔子老爸一整天。

日子缓缓过去，兔子老爸的病情时而恶化，时而好转。小乔奇也越来越消瘦。红狐狸偶尔过来探望。他已经号召所有他能找到的动物帮忙搜寻阿纳尔达斯叔公，但没人发现他的踪迹。

一天晚上，小乔奇的忍耐几乎达到极限。兔子老爸的病情比以往更加严重。他一边不停地咳嗽，一边自言自语地回忆着他在蓝草乡的童年时光，还谈论了阿纳尔达斯叔公、兔子老妈和波奇。随后，他重新陷入长时间的沉默，只有刺耳的呼吸声证明他还活着。小乔奇感到穷途末路。

经过一段时间的沉默，兔子老爸突然坐起来，把田鼠威利喊到身边。“威利，”他的声音奇迹般地恢复正常，尽管还有些虚弱，“能否麻烦你爬到地面观察一下天气？如果我没算错，明天将是土拨鼠日以来的整整六周。”

小乔奇愁眉苦脸地坐着，无比绝望。为什么还关心天气？他知道威利会带回什么消息。过去几个月，他们每天听到的都是千篇一律的消息。

威利才刚刚出门，兴奋的尖叫声和匆忙的脚步声就从屋外传了过来。“乔奇！乔奇！”威利大喊，“下雨啦！不是下冰雹，也不是下雪，乔奇，是下雨，下暖雨了！而且，风是从南边吹来的，也是暖风！乔奇，是暖的呢！”他热泪盈眶，满心欢喜。

小乔奇还没反应过来，一时间哑口无言。

兔子老爸的脸上挂着虚弱的微笑，这是自他送兔子老妈到木

炭坡以来第一次露出笑容。“感谢你，威利，”他继续用平静的语气说道。他盖上毛毯，发出深深的叹息，接着安静地进入梦乡。

小乔奇依旧难以置信，于是赶忙跑出兔子洞张望，他已经整整两天没出门了。处处皆是潺潺的流水声——马路上的涓涓细流，树枝和石墙边的滴滴落珠，田野里的汩汩融水。小河上，冰面开始破碎、碰撞，顺流而下，发出轰隆的声响。

温柔的南风轻轻吹拂，将小乔奇环抱在暖意之中，他那消瘦而疲惫的身躯沐浴着微风，令他心旷神怡。他深呼吸，闭上双眼，满脸陶醉。

“噢，闻起来多么芬芳。”他叹息道。

田鼠威利伸出小爪子拍了拍他，“你知道此时此刻，你的阿纳尔达斯叔公会说什么吗？”威利的声音有些颤抖，“他会说，‘假象，彻头彻尾的假象，不要上当了’。”

片刻之后，威利说道：“乔奇，为什么你也在抽泣？”

冬眠中的波奇躁动不安，于是踢开盖在身上的干草，坐了起来。他感到洞穴里十分闷热。接着，他意识到了洞外淅沥的雨滴和潺潺的流水。一条细流从墙壁流下，覆盖在洞口的积雪也缓缓融化，显得蓬松而潮湿。他深深吸了一大口气。

“嗯，”他咕哝道，“明天我可要好好吃一顿。”

随着一声巨响，一块巨大的冰雪从蒂姆·麦格拉斯家的谷仓屋顶滑落。融水有的滴入铁罐，有的流进水槽，发出清脆的叮咚声。谷仓里的泽西老奶牛把她潮湿的鼻子靠在窗边摩擦，焦躁地哞哞叫喊。阿纳尔达斯叔公翻过身子，悠闲地在三叶草的干草堆上舒展身体——他比以往肥硕了不少，体态圆润饱满。“蓝草乡不愧是人见人爱的地方，”他一边打哈欠，一边说道，“宜人的天气，怡然自得的家畜，蓝绿色的草……”

在霜层的地下深处，鼹鼠仰起头，用灵敏的鼻子闻了闻空气。地底下并没有那么暖和，轻柔的南风也无法穿透如迷宫一般的地道，但鼹鼠的嗅觉依然敏锐。他瘦小的身子微微哆嗦，尾巴的一端也轻轻颤动。“就在明天，”他低声说道，“明天我就爬上地面。”

管理员的猎狗从紧锁的车库里发出忧郁的哀号。红狐狸来到松树边，俯瞰整座山坡。随着积雪迅速消融，广袤的深色土地映入眼帘。他面朝天空，尖声长啸。尽管不那么洪亮，但咆哮声响彻在山谷间，一直传到木炭坡。那边的众多表兄妹遥相呼应，送来远方的问候。喊声还飘荡至韦斯顿路，传到红鹿的耳边。他抬起头，接着又急切地跺脚。“明天，就在明天。”他轻声说道。

12

动物们熬过了冬季

小乔奇被射入兔子洞的一束奇怪的光芒唤醒。起初他感到莫名其妙，过了一会儿才恍然大悟——这是阳光！过去几个月，洞口堆满了冰雪，只有薄弱和黯淡的微光照进屋里，而今天，温暖、灿烂的阳光洒满整个兔子洞。

田鼠威利已经起床了，他一边哼着小曲，一边兢兢业业地清理屋子。兔子老爸坐在床上，虽然容貌瘦弱，但面带微笑，而且也不再咳嗽了。小乔奇急忙跑出洞口，洞外的世界焕然一新。

广袤的大地一览无余，在温暖的阳光下冒着水汽，只有常绿植物脚下藏着几块湿润的白色积雪，因为这里的积雪是最深的。历时一个冬季的大雪犹如一条洁白的毛毯覆盖着草地。绿油油的草坪上画满了横七竖八的棕色线条，那是田鼠威利曾经挖过的地道。涓涓的细流随处可见。土地好似一块儿浸水的海绵，小河里水流湍急，潺潺作响。一缕缕水汽从地面盘旋升起，随轻柔的南风悠悠飘散。

小乔奇迫不及待地跑上小山，来到玫瑰园。园子里的积雪已经融化，露出了鲜嫩多汁的枝条，数不胜数。他折下一大把枝条，赶忙把它们带回兔子洞。于是，他们享用了一顿美味的早餐。这是兔子老爸许久以来第一回津津有味地吃东西。他细细咀嚼着枝条，乔奇则狼吞虎咽，田鼠威利也拿出了最后一点儿种子，急切地塞进嘴里。

饭后，兔子老爸打算继续打盹儿，威利和小乔奇遂飞奔而出，走进温暖的阳光。他们尽情享受阳光，似乎永远也不满足。威利跑上跑下，一会儿走访他的家人，一会儿寻找食物，足迹遍布整座山坡。因为没有了深厚的积雪，他得以兴高采烈地四处奔跑，无拘无束。

小乔奇正在阳光下打着瞌睡，消化他的早餐。同时，他感到自己疲惫的四肢正在恢复活力。忽然，威利兴奋地拉扯他的耳朵，把他喊醒。

“乔奇，乔奇！”威利尖叫道，“快起来，乔奇！他们要走了！管理员要走了，乔奇！”

小乔奇把注意力放在了转角处，目睹了令人欢喜的一幕。管理员已经备好车子，那只猎狗被牵出车库，绑在后座上。男管家关上车库门，上了车，接着头也不回地沿着马路驶去。

“谢天谢地！”小乔奇大喊。田鼠威利也满怀喜悦地手舞足蹈，还把右前爪摆在鼻尖上，做出一个不太礼貌的姿态。他们迅速返回兔子洞，把这个喜讯告诉兔子老爸。

“太好了！”兔子老爸惊呼，“真是一个绝好的消息。你们知道吗，这不仅意味着那只不可理喻的猎狗已经告别，还预示着我们的户主们马上就回来了。”

小乔奇明白，当兔子老爸能够滔滔不绝时，证明他的身体正在好转。

于是，他们又兴冲冲地跑出门。如此大好时光，一刻也不能虚度——好消息正在接二连三地传来。小乔奇飞快地前往费威和波奇的洞穴，但他们的洞口处仍堆着些许潮湿的积雪。显然，这些冬眠的家伙尚未起床。

忽然，田鼠威利推了推乔奇的一条腿。“喔！乔奇！快看！快看！”威利激动得说不出话。他站在原地，嘴巴半张开，珍珠般的双眼目不转睛地注视着马路，长长的胡须不停颤抖。“是户主们！”他小声说道。

巧合的是，小乔奇和田鼠威利，这两个唯一见证户主们离开的动物，也见证了户主们的归来。这一刻，动物们期盼已久。

旅行车沿着马路徐徐驶来，小心翼翼地避开水坑，轧过绵软的碎冰。见到这两个小不点儿，男主人停下车，举起帽子问候道：“早上好，先生们，祝你们好运。”

“天哪，可怜的小动物，看起来饿得半死，”他的妻子说道，“蒂姆必须给他们安排一顿大餐。”

车子继续驶向大房子，威利和小乔奇目瞪口呆地站在原地，难以相信刚才发生的一切。厨子索夫罗尼亚下了车，缓缓走向厨房。莫顿先生也跳下车，瞪着潮湿的土地，满脸不悦，小心翼翼地迈步向阶梯走去，在一个舒适的浴盆里安顿下来。

小乔奇和威利又准备飞奔回家，向兔子老爸汇报这个新鲜出炉的好消息，这时他们才发现蒂姆·麦格拉斯的汽车紧随户主的旅行车而来。兔子老爸兴奋不已，他跳下床并快步走出洞口，想亲眼看看。他的步子似乎还有些摇晃，身体也无比瘦弱，但温暖的阳光让他格外振奋。见到户主们来回走动，见到莫顿先生安静地晒着太阳，兔子老爸更是精神焕发。

于是，兔子老爸又重复了他的经典命令。

“小乔奇，”他兴奋地说，“你必须立刻把户主回家这个好消息告诉你的妈妈。一路上，你若是遇到其他动物，可以诚意请求他们扩散这个消息。威利，你最好把住所清理干净，迎接亲人们的回归。”

小乔奇立刻向木炭坡出发。此前几个月，他要么困在兔子洞里，要么在冰雪上跌跌撞撞。现在，他终于能够舒展自己的四肢——可以撒开腿奔跑，可以攀上石墙，可以踏过小溪和水坑，可以享受背上暖洋洋的阳光，可以大口呼吸清新而温和的空气。

小乔奇穿过两块田地，身体才刚刚发热，谁料恰好遇到了迎面走来的兔子老妈。她手提着一篮子食物，女儿海泽尔走在她身旁。

“老妈，你怎么来了，”小乔奇气喘吁吁地说道，“我正准备去告诉你呢！兔子老爸之前一直生病，现在好多了。户主们已经回来了，老妈，户主们回来啦！”

“是的，我都知道。”兔老妈匆忙赶往兔子坡，几乎要把站在身前的小乔奇推开。

于是小乔奇改变了路线，前往十字路口的胖子家去通知田鼠们。他跃过石墙，落地时差点儿跌入一个流动的队伍。田鼠们摩肩接踵，一边奔走，一边兴奋尖叫，形成了一条棕色的线条，翻越石头和小丘，穿过高高的枯草。

“户主们回来了！”小乔奇大喊道。

“是的，我们知道。”田鼠们齐声回答，接着向布莱克路走去。

小乔奇有些垂头丧气。他的好消息似乎早已众人皆知了。他穿过布莱克路，向双子桥走去。他目前还无法前往韦斯顿路去通知小鹿们——因为路途太遥远了，他的身体还不够强壮——但他可能会遇到某个前往那个方向的动物。

当小乔奇踏上第一座桥时，他注意到河岸边有一丝动静。红鹿、雌鹿和小鹿恰好刚刚渡过湍急的溪流，费了不少工夫，现在正甩干身子上的水。

“你们好！”小乔奇又喊道，“户主们回来啦！”

“谢谢，”红鹿回答，“我们已经知道了。”

走过双子桥，小乔奇继续朝橡树走去，松鼠们在那里过冬。不出所料，一群松鼠正活蹦乱跳，整装待发。

“很高兴见到你，乔奇，”灰松鼠问候道，“真是一个糟糕的冬天，对吧？”

“户主们回来啦！”小乔奇宣告。

“是的，是的，多么喜人的消息呀，”松鼠回答，“我们已经知道了——昨晚我们听到了狐狸的呐喊。不过，你依旧惦记着我们，我们非常感激。我收拾好之后就立刻去兔子坡。”

小乔奇到家时，兔子洞正在举行一场聚会。红狐狸来了，面容憔悴的费威和波奇也从漫长的冬眠中苏醒并赶来。兔子老爸正享受着正午的阳光，难得有这么多朋友到场，他势必不会错过滔滔不绝的机会。

兔子老妈红了眼眶。看到动物们全都骨瘦如柴，阿纳尔达斯叔公依然不见踪影，她潸然泪下。好在她不必担心兔子洞的状况——田鼠威利把一切都清理得整整齐齐。

“蒂姆·麦格拉斯揭开了圣·弗朗西斯的雕像，灌满了水塘，清扫了周边的石头，”狐狸欢欣鼓舞地说，“我猜今晚将有一顿丰盛的大餐，属于我们所有人。走吧，费威，我们去厨房闻一闻。自从上一个秋天，我再没闻过炸鸡的味道了。”

说完，狐狸和费威漫步上山，向厨房走去。波奇则到草地

上品尝小草，尽管它们是去年生长的，但依然鲜嫩多汁。

“噢，亲爱的，”兔子老爸微笑道，“看起来，我们的麻烦终于结束了。”

兔子老妈却十分伤心，“可是你和小乔奇现在那么单薄、那么瘦弱。我永远不会原谅我自己，因为你们在这儿饿得半死，而我却在木炭坡吃得像一头猪；威利也几乎饿得半死，好在他有足够的种子，而且你还生病了。要是阿纳——阿纳——阿纳尔达斯叔公——”

“阿纳尔达斯叔公怎么了？”突然传来一个粗犷的声音，如此熟悉，“你在哭什么呢？”

一个老绅士的身影出现在洞口，体态丰腴，悠然自得地嚼着一根稻草。

“阿纳尔达斯叔公！”兔子老妈尖叫道，吓得瘫坐在椅子上。

“阿纳尔达斯叔公！”兔子老爸一边大喊，一边站起身子。

“阿纳尔达斯叔公！”小乔奇又蹦又跳，兴奋无比。

田鼠威利也欣喜若狂，一边绕圈，一边欢快地喊道，“阿纳尔达斯叔公回来了！”最后他跌倒在地，索性四脚朝天，蹬着腿，小嘴继续叽叽喳喳。

兔子老妈终于缓过神，问道：“阿纳尔达斯叔公，你究竟去哪里了？”

“去哪儿？”老兔子大笑，“我去了蓝草乡。总得有人去把户主们喊回来，对吧？除了我这只老兔子，谁有如此气魄去完成这项使命呢？户主们确实回来了，对吧？现在，我也回来了。”他得意扬扬地坐到最舒适的椅子上。“我再告诉你们一件事，蓝草乡果然名不虚传。谁要是再说蓝草乡的坏话，我一定和他抗争到底。那个地方真是人见人爱。”

当晚的大餐是所有人记忆中最丰盛、最愉快的一顿。兔子坡的每一个动物都到场了，他们的许多亲朋好友也一同前来。户主们曾短暂走出家门，在远处眺望这群动物。不过，这个夜晚也许对动物们而言十分温暖，对户主们来说却有些潮湿和寒冷，于是他们很快便回屋了。

灰松鼠把小篮子递还给小乔奇。“谢谢你，小乔奇，”灰松鼠表示，“整个冬天，我居然都忘记把它还给你了。”

“不记得也罢，”小乔奇笑着说，“未来很长一段时间，我们都不必再把食物运回家了。”

接下来，动物们一言不发，四周只留下咀嚼和吞咽的声音。自从蒂姆·麦格拉斯准备的圣诞大餐之后，动物们再没有享受过这般待遇了。最后动物们全都填饱肚子，心满意足，发出各式各样的感叹声。他们悠闲地仰坐，等待兔子老爸的例行发言。

但这一回，兔子老爸不再有华丽的辞藻。“我的内心充满感慨，已经容不下任何言语，”他言简意赅地说，“我的内心充满了开心和感激。我开心的是，这个艰难的冬天已经结束，善良的户主们已经归来。我感激的是我勇敢的孩子和他同样坚毅的小伙伴，他们不怕风雪，不畏严寒，不惧困难，顽强地坚守在兔子坡。”

“让我们为小乔奇和田鼠威利喝彩，祝贺他们熬过严冬。”红狐狸呐喊道，于是，真诚的欢呼声回荡在整座小山中。

小乔奇害羞地扭过身子，威利躲到兔子老爸身后，露出了腼腆的微笑。

波奇用粗哑的声音郑重说道：“让我们为阿纳尔达斯叔公喝彩！他奋不顾身前往蓝草乡，把户主们喊了回来。”

动物们同样向阿纳尔达斯叔公致以由衷的欢呼。

“别提了，”老兔子谦虚地说，“这不算什么。大概三四百英里罢了。只要能帮助我的朋友们，下回我愿意再走一遍。”

“蒂姆，”麦格拉斯太太一边把晚餐的餐盘清洗干净，一边问道，“今天早上那只老兔子离开了，就在你刚刚出门之后。”

“是的，我知道，”蒂姆微笑着回答，“今天晚上我在山坡上见到那只老兔子了，”他装满烟斗并陷入沉思，“这群动物们真有趣，我们早上到那儿时，只见到两只动物，一只田鼠和一只饥肠辘辘的小兔子。户主们十分难过。”

“但是，当我晚上离开时，小山上又挤满了小动物。兔子、松鼠、花栗鼠、土拨鼠、田鼠、臭鼬、浣熊，到处都是。我甚至看见一只狐狸和一对鹿。我很好奇，他们究竟怎么得知我们回家的，又是怎么知道即将迎来一顿大餐的。”

“我也想不明白呢……”麦格拉斯太太回答。

13

后　来

几个星期过去了。

阿纳尔达斯叔公和几个好朋友漫步在温暖的春日里——去年10月的秋日里，他们曾在这个相同的地方漫步。蒂姆·麦格拉斯在花园里忙忙碌碌，嘴里哼唱着《我的故乡肯塔基》，以及其他有关爱尔兰裔美国人的小调。

被火烧过的田野冒出了青草，比其他田地长得更快，也更加嫩绿。冰风暴肆虐的痕迹已经消散；树木也隐藏了它们的伤口，顽强长出了新枝叶。整个冬天，树丛、草地和花园无不享受着大雪的保护和滋养，因而比以往更加繁茂。

动物们也恢复了圆润饱满的姿态。阿纳尔达斯叔公的左耳由于受了轻微的冻伤，与以往相比有些难看，但除此之外，刚刚过去的艰难时光并未留下任何后遗症。

红狐狸翻过身子，心满意足地咕哝道："阿纳尔达斯叔公，今年的冬天又是怎么样的呢？"

"说不好，"老兔子打着哈欠，"而且，我也不在乎了。我正盘算去蓝草乡过冬。那儿真是理想的过冬之处。宜人的天气，白色的栅栏，健硕的骏马，怡然自得的家畜，还有数不胜数的蓝绿色叶草，那是全世界最美味的食物。我想带小乔奇一起去。小乔奇，你觉得如何呢？"

小乔奇从瞌睡中醒来，在明媚的阳光下半睁开眼。他抬头仰望，云朵犹如一颗颗奶油泡芙，点缀着湛蓝的天空。他又低头俯瞰，碧绿的山坡倾斜而下，葱翠的雪松星星点点，灰色的石墙下坐落着他温馨的家。昏暗的天色，凛冽的北风，严寒、冰雪、饥饿，一切似乎都已经成为往事。

"噢？阿纳尔达斯叔公，我不清楚，"小乔奇笑逐颜开，"我很喜欢这里。我想我和威利会坚守在兔子坡，继续和冬天做斗争。"